헝가리의 연극배우이자 작가, 시인
율리오 바기의 체험적 자전소설

La Verda Koro

푸른 가슴에 희망을

율리오 바기 (Julio Baghy) 지음

장정렬(Ombro) 옮김

푸른 가슴에 희망을(에·한 대역)

인　쇄 : 2022년 3월 17일 초판 1쇄
발　행 : 2022년 3월 21일 초판 1쇄
지은이 : 율리오 바기(Julio Baghy)
옮긴이 : 장정렬(Ombro)
표지디자인 : 노혜지
펴낸이 : 오태영
출판사 : 진달래
신고 번호 : 제25100-2020-000085호
신고 일자 : 2020.10.29
주　소 : 서울시 구로구 부일로 985, 101호
전　화 : 02-2688-1561
팩　스 : 0504-200-1561
이메일 : 5morning@naver.com
인쇄소 : TECH D & P(마포구)

값 : 13,000원
ISBN : 979-11-91643-44-2(03890)

헝가리의 연극배우이자 작가, 시인
율리오 바기의 체험적 자전소설

La Verda Koro

푸른 가슴에 희망을

율리오 바기 (Julio Baghy) 지음
장정렬(Ombro) 옮김

진달래 출판사

국제어 에스페란토에 입문해
이 언어를 배우고 익히면서
율리오 바기가 쓴 작품 『푸른 가슴에 희망을』을
에스페란토로 함께 읽은 동료인,
지난 1980-90년대
부산 <테라니도> 세대에게
번역자인 저는 이 책을 바칩니다.

-장정렬

Tiun ĉi tradukon mi, tradukinto,
dediĉas al la gesamideanoj de <TERanidO>,
kiuj kune kaj interese legis
la originalon de 『La Verda Koro』,
verkita de Julio Baghy.   -Ombro

이 책을 구매하신 모든 분께 감사드립니다.

출판을 계속하는 힘은 독자가 있기 때문입니다.
평화를 위한 우리의 여정은 작은 실천, 에스페란토를
사용하는 것입니다.
특별히 한글판 『초록의 마음』을 갈무리출판사에서
에스페란토와 같이 싣도록 허락하여 감사드립니다.
(오태영 *Mateno* 진달래 출판사 대표)

차   례

Ĉapitro 1: La kurso 강습

Lernoĉambro en siberia Popola Domo. Unu pordo, du fenestroj. La pordo estas malalta, la fenestroj estas mallarĝaj. En la lernoĉambro staras malnovaj mebloj: nigra tabulo, simpla tablo, unu seĝo kaj longaj benkoj. Sur la plafono estas elektra lampo. Ĝi ne estas bona. La plafono estas griza, la planko estas malpura. Sur la muroj estas instruaj bildoj. Ili montras objektojn, florojn, bestojn, homojn.

시베리아 시민회관의 교실. 출입문은 하나, 창문은 둘, 문은 낮고 창문은 좁다. 교실에는 낡은 가구들이 놓여 있다. 칠판 하나, 허름한 탁자 하나, 걸상 하나 그리고 긴 의자 여럿. 전등은 천장에 달려 있다. 전등은 그리 좋지 못하다. 천장은 회색이고, 바닥은 지저분하다. 벽엔 가르치는데 필요한 그림들이 붙어있다. 이 그림들에는 사물, 꽃, 동물, 사람들이 그려져 있다.

Sur la longaj flavaj benkoj sidas unu sinjoro (li estas poŝtoficisto), du soldatoj en rusa uniformo, tri soldatoj en uniformoj ĉeĥa, rumana kaj amerika, unu sinjorino, tri knabinoj en gimnazia uniformo kaj du knaboj. Ili rigardas la instruiston.

La instruisto estas soldato, sed ne en uniformo.

Li estas hungaro kaj militkaptito. Li iras en la ĉambro, montras la bildojn, tuŝas la objektojn. Li instruas. La lernantoj kaj lernantinoj komprenas lin.

사람들은 노란 긴 의자에 앉아있다. 우체국 남자 직원인 한 사람, 러시아 군복을 입은 군인 둘. 체코 군복을 입은 사람이 하나, 루마니아 군복을 입은 군인이 하나, 또 미국 군복을 입은 군인이 하나다. 중년 부인이 한 명, 김나지움1) 학생복 차림의 여학생이 세 명이고, 소년이 둘이며 이들 모두 선생님을 바라본다. 선생님은 군인이지만, 군복차림은 아니다. 그는 헝가리 사람으로 전쟁포로다. 그는 교실에서 여기저기로 오가며 그림을 가리키고 사물을 지적한다. 그는 가르치고 있다. 그 교실에서 배우는 모든 사람은 그가 하는 말을 알아듣는다.

-Sinjorinoj kaj sinjoroj, ni parolas en Esperanto. Kio ĝi estas? Ĉu ĝi estas politiko? Ne! Ĉu ĝi estas religio? Ne! Ĝi estas kulturo. Ĉu vi komprenas?

La instruisto demandas, la lernantoj kaj lernantinoj respondas.

-Jes, ni komprenas.

-Ĉu vi ŝatas la kulturon, fraŭlino Smirnova?

-Mi ŝatas ĝin, sinjoro. Ni, rusoj, ŝatas la

<hr>

1) *역주: 우리나라 중고등학교 교육과정을 합친 교육과정.

kulturon.

-Mi scias kaj gratulas.

-Mi dankas.

La instruisto demandas junan rusan soldaton.

-Kiu vi estas?

-Mi estas Janis Lekko.

-Ĉu vi estas ruso?

-Ne, mi estas latvo kaj rusa soldato.

-Ĉu vi ŝatas Esperanton?

-Jes, sinjoro.

-Mi dankas ... Kaj vi, fraŭlino, kio vi estas?

-Mi estas gimnazia lernantino, sed mi ne estas rusa knabino. Mi estas polino.

-Ĉu la poloj ŝatas la kulturon?

-Ho, jes, sinjoro.

"여러분, 우리는 에스페란토로 말합니다. 에스페란토는 무엇입니까? 정치입니까? 아닙니다! 종교인가요? 아닙니다! 그것은 문화입니다. 이해하겠습니까?"

선생님은 묻고, 강습생들은 대답한다.

"예, 이해합니다."

"스미르노바 양, 문화를 좋아합니까?"

"예, 선생님. 저는 문화를 좋아합니다. 우리 러시아 사람들은 문화를 좋아합니다."

"예, 잘 했습니다."

"고맙습니다."

선생님은 젊은 군인에게 묻는다.

"이름이 무엇입니까?"

"야니스 렉코입니다."

"러시아 사람입니까?"

"아닙니다. 저는 라트비아 사람으로, 러시아 군인입니다."

"에스페란토를 좋아합니까?"

"예, 선생님."

"고맙습니다. 그럼, 아가씨, 당신은 무슨 일을 합니까?"

"저는 김나지움 학생입니다. 러시아 사람이 아닙니다. 저는 폴란드 사람입니다."

"폴란드 사람은 문화를 좋아합니까?"

"아, 예, 선생님."

La instruisto iras en la ĉambro kaj li faras demandojn. La lernantoj kaj lernantinoj faras bonajn respondajn frazojn. Nur Iĉio Pang, la juna ĉino, faras interesan respondon.

-Mi estas malgranda ĉino kaj mi scias la kulturon.

-Knabo, la frazo estas malbona. Bona frazo estas: mi ŝatas la kulturon.

-Ne, sinjoro. La frazo estas bona. Mi scias, kio estas kulturo.

La sinjoroj kaj sinjorinoj rigardas la knabon. Ili ne komprenas lin.

-Kio estas kulturo? -- la instruisto demandas.

-Ĉu vi ne scias, sinjoro? Kulturo estas homa kompreno. Mi ŝatas kaj lernas Esperanton. Ĝi estas homa kompreno: kulturo.

선생님은 교실에서 여기저기로 오가며 질문한다. 강습생들은 선생님의 질문에 곧잘 대답한다. 젊은 중국 사람 이치오 팡은 재미있는 대답을 내놓기도 한다.

"저는 키가 작은 중국사람이지만, 문화를 압니다."

"이치오 팡 군, 그 문장은 나빠요. 좋은 문장은 '저는 문화를 좋아합니다'라고 해야 합니다."

"아닙니다. 선생님. 그 문장은 좋습니다. 저는 문화가 무엇인지 알고 있습니다."

모여 있던 사람들이 모두 그 소년을 바라본다. 그들은 그 소년이 하는 말을 이해하지 못한다.

"문화가 무엇입니까?" 선생님이 묻는다.

"선생님, 모르십니까? 문화란 사람들 사이의 이해라고 생각합니다. 저는 에스페란토를 좋아 배웁니다. 에스페란토란 사람들을 이해하고, 사람들의 문화입니다."

Sinjorinoj kaj sinjoroj. Esperanto estas homa kompreno. En la ĉambro sidas rusoj, ĉeĥo, polo, latvo, slovako, rumano, germano, ĉino kaj hungaro. Ili estas homoj. Kiaj homoj ili estas? Modernaj homoj. La modernaj homoj ŝatas la kulturon kaj ili lernas Esperanton, lernas "homan komprenon".

독자 여러분, 에스페란토란 사람과 사람 사이의 이해를 돕는 언어입니다. 여기 교실에는 러시아, 체코, 폴란드, 라트비아, 슬로바키아, 루마니아, 독일, 중국, 또 헝가리에서 온 사람들이 다 같이 한곳에 모여 앉아있습니다. 여기에는 사람들이 있습니다. 이들은 어떤 사람들인가요? 현대를 살아가는 사람들입니다. 그 현대인들은 문화를 사랑하고 에스페란토를 배우고 있습니다. 그들은 사람들의 이해를 배웁니다.

Ĉapitro 2: La instruisto kaj lernantino
선생님과 여학생

La instruisto fermas la malgrandan libron sur la tablo. Li prenas kaj metas ĝin en la poŝon.

-Sinjorinoj kaj sinjoroj, mi deziras al vi bonan nokton -li diras. -Ĝis revido!

-Ĝis revido -respondas la gesinjoroj kaj ili iras de la benkoj al la pordo.

La juna Iĉio Pang malfermas la pordon de la lernoĉambro kaj la gelernantoj iras hejmen. Nur la maljuna oficisto, la pola knabino kaj la instruisto restas. La oficisto estas malnova esperantisto. Li bone parolas la lingvon. Nun li kaj la instruisto konversacias.

선생님은 탁자에 펼쳐놓은 작은 책을 덮는다. 그는 이 책을 집어 자신의 호주머니에 넣는다.

"여러분, 즐거운 밤이 되십시오. 안녕히 돌아가십시오!" 선생님은 말한다.

"안녕히 가십시오." 수강생들은 대답하고는 자리에서 일어나 문으로 간다. 젊은 이치오 팡은 교실 출입문을 연다. 모두 각자의 집으로 향한다. 나이 많은 우체국 직원과 폴란드 소녀와 선생님만 남는다. 우체국 직원은 에스페란토를 배운 지 오래되는 사람이다, 그는 이 언어를 자유롭게 말한다. 지금 그는 선생님과 에스페란토로 대화를 나눈다.

Marja Bulski, la pola knabino, estas inteligenta lernantino en la urba gimnazio. Ŝi parolas la polan kaj rusan, lernas la germanan kaj latinan lingvojn, sed ŝi ne komprenas la longajn frazojn en la nova mondolingvo.

Jes, la kapo ne komprenas la vortojn, sed ŝi havas okulojn, fantazion kaj koron. ŝi vidas du homojn: unu junan kaj unu maljunan, hungaron kaj ruson. La ruso havas nur unu manon. Kie estas la alia mano?

La fantazio faras militan bildon. La knabina koro komprenas la signifon de la konversacio. Ĉu la fantazio diras la puran veron? Kiu scias? Ŝi vidas du homojn: unumanan ruson, kiu prenas cigaredon el la poŝo kaj hungaran militkaptiton, kiu dankas kaj prenas la cigaredon el la mano de la ruso. En la okulojn de la sinjoroj parolas paca sento, kiun Marja Bulski bone komprenas.

La instruisto nun malfermas la pordon, montras la vojon. Ili iras el la ĉambro kaj haltas sur la strato ĉe la granda pordo de la Popola Domo.

폴란드 소녀 마랴 불스키는 시립 김나지움에 다니는 총명한 학생이다. 그녀는 폴란드말과 러시아말을 할 줄 알고, 독일말과 라틴말을 배운다. 그러나 그녀는 오늘 새로 배우는 세계어로 된 긴 문장은 아직 이해하지 못한다.

그렇다. 낱말들이 그녀 머리엔 이해되지 않지만, 눈과 환상과 마음으로 알 수 있다. 그녀는 대화하는 두 사람을 본다. 한 사람은 젊은 헝가리 사람이고, 또 한 사람은 늙은 러시아 사람이다. 그 러시아 사람은 손이 하나뿐이다. 다른 손은 어디에 있을까?

소녀의 머릿속엔 싸움터의 환상이 떠오른다. 소녀는 마음으로 대화의 의미를 이해한다. 그 환상은 완전한 진실을 말해 줄까? 누가 알까? 그녀는 그 두 사람을 보고 있다. 호주머니에서 담배를 끄집어내는 한 손밖에 없는 러시아 사람과, 그 사람의 손으로부터 담배를 공손히 받는 헝가리 전쟁포로를 바라다본다. 이 두 사람의 눈에 평화의 감정이 흐르는 것을 마랴 불스키도 잘 안다.

선생님은 이제 출입문을 열고 길을 나선다. 그들은 교실에서 나와 시민회관의 큰 출입문 앞의 거리에 멈춘다.

-Ĝis revido -diras la oficisto kaj li prenas la manon de la instruisto.

-Ĝis revido, sinjoro Kuratov kaj bonan nokton!

Marja Bulski restas ĉe la pordo. Ŝi rigardas la oficiston, kiu marŝas al la poŝtoficejo. Li loĝas en la domo de la oficejo, sed ne en la kontoro. En la kontoro li laboras.

La instruisto deziras bonan nokton al fraŭlino

Marja, sed ŝi deziras konversacion.

-Kie vi loĝas, sinjoro instruisto? -- ŝi kuraĝe demandas kaj faras novajn mallongajn frazojn en la kapo.

"안녕히 가시오." 우체국 직원이 말하며, 그 선생님의 손을 잡는다.

"쿠라토프 씨, 안녕히 가십시오. 좋은 밤이 되십시오."

마랴 불스키는 그 출입문에 남아 있다. 그녀는 우체국으로 향해 걸어가는 그 직원을 바라본다. 그 직원은 우체국 관사에 산다. 사무실이 따로 있어, 업무는 사무실에서 본다. 선생님은 마랴 양에게 작별인사를 하려 하지만, 그녀는 선생님과 회화연습을 해보고 싶다.

"선생님, 어디서 사세요?"

그녀는 용기를 내어 묻고는, 이어 머릿속에 새로운 짧은 문장을 만들고 있다.

-Mi loĝas en la kazerno de la militkaptitoj.

-Mi scias, mi scias, sinjoro. Vi loĝas ne en la urbo, sed ekster la urbo. Ĉu ne?

-Jes, fraŭlino. Kie vi loĝas?

-En la strato Kitajskaja.

-Ni havas saman vojon en la urbo.

-Jes, ni havas saman vojon kaj mi estas feliĉa. Mi ŝatas Esperanton kaj mi deziras konversacion en la nova lingvo kaj ... kaj ... mi

... jes ... Ho, mi ne scias la vortojn! Mi estas malfeliĉa. Mi ne havas bonan kapon. Mi estas malinteligenta knabino ... Esperanto estas malfacila lingvo.

"포로수용소 막사에 살고 있어요."

"알겠어요. 아, 그렇군요. 선생님. 선생님은 우리 도시 안에 살지는 않는군요. 도시에서 먼 교외에 사시는군요. 그렇지요?"

"그래요. 아가씨는 집이 어딥니까?"

"끼따이스카야 거리에 살아요."

"시내에서는 방향이 같군요."

"예. 우리가 가는 방향이 같아 저는 기뻐요. 저는 에스페란토를 좋아하구요. 이 새 언어로 회화연습을 해보고 싶어요. 그리고... 그리고... 예....아, 저는 낱말을 잘 몰라요! 저는 슬퍼요. 저는 머리가 나쁜가 봐요. 저는 멍청한 아이예요... 에스페란토는 어려운 언어이네요."

-Fraŭlino, vi havas inteligentan kapon. Mi scias. La parolo, kiun vi faras, havas muzikon de la vortoj kaj la frazoj, kiujn vi faras, estas simplaj, sed bonaj. Nun ankaŭ mi faras nur simplajn frazojn. Ĉu vi komprenas ilin?

-Mi komprenas ne nur la frazojn, sed ankaŭ vin.

-Ĉu?

-Jes. Vi estas militkaptito, kiu loĝas en siberia kazerno. Vi ne havas hejmon. La homoj, kiujn vi amas, loĝas en Eŭropo kaj ne en Azio. Vi deziras bonon kaj feliĉon al la homoj kaj ... kaj vi estas malfeliĉa.

"아가씨는 똑똑해요. 난 알아요. 지금 아가씨가 만든 문장에서 낱말들이 아름다운 음악처럼 들리고, 문장마다 간결하고 훌륭해요. 지금 나도 짧은 문장으로 말합니다. 내가 하는 말이 이해되나요?"

"저는 문장만 아니라, 선생님도 이해해요."

"그래요?"

"예. 선생님은 시베리아 수용소에 사시는 전쟁포로예요. 선생님은 가족이 없구요. 선생님이 사랑하는 사람들은 서양에 있지요. 동양에는 없구요. 2개 대륙은 서로 다른 세상이구요. 선생님은 서양 사람이지만, 동양 사람들과 이야기를 나누고 있어요. 선생님은 우리 동양 사람들이 우정과 행복을 누리기를 기원하고 있지요. 그리고... 그러나, 선생님은 불행합니다."

-Feliĉa mi ne estas. Jes, jes, fraŭlino, vi bone komprenas min.

-Ĉu? Ho, mi estas feliĉa. Ne nur Iĉio Pang, la juna ĉino, sed ankaŭ Marja Bulski komprenas vin. Vi estas malfeliĉa militkaptito, sed vi estas riĉa, riĉa homo.

-Ĉu vi pensas? La poŝo ...

-La poŝo, poŝo ... En la poŝo vi estas malriĉa, sed en la amo al la homoj vi havas belajn sentojn, bonajn pensojn. La mondo de la homoj estas malbela, sed en la fantazio vi faras ĝin bela, bona, paca ... Sinjoro instruisto, ĉu mi diras la veron? Ĉu mi komprenas vin?

La militkaptito longe rigardas ŝin kaj li ne respondas. Ankaŭ Marja silentas.

"행복이란 내게 없지요. 맞아요. 그래요, 아가씨. 나를 잘 이해하고 있군요."

"예? 아, 나는 기뻐요. 젊은 중국인 이치오 팡 뿐만 아니라 이 마랴 불스키도 선생님을 이해해요. 선생님은 불행한 전쟁포로이지만, 부자이고, 풍요로운 분이군요."

"그렇게 생각하는가요? 내 호주머니는..."

"호주머니, 호주머니... 호주머니는 가난하지만, 사람에 대한 사랑으로 보면, 선생님은 아름다운 감정과 선한 생각을 가지고 계십니다. 사람들이 사는 인간 세상은 아름답지는 못해도, 이상을 가진 선생님은 이 세상을 아름답고도 선하고 평화로운 곳으로 만들어 갑니다...선생님, 제 말이 맞나요? 제가 선생님을 이해하지요?"

그 포로는 오랫동안 마랴 불스키를 볼 뿐, 대답하지 않는다. 마랴도 입을 다물고 있다.

Ili marŝas al la direkto de la strato Kitajskaja.

Estas bela vespero. Sur la larĝa strato ili vidas nur katojn, hundojn. La homoj sidas hejme en la malgrandaj rusaj domoj. Ili sidas ĉe la tablo en la granda ĉambro, trinkas teon, legas Biblion. Sur la tablo staras temaŝino; samovaro. Ĝi muzikas: zzzzzuuu … zzzziii … zuzizuzi … La infanoj ludas en la litoj. Vespero estas kaj ne nokto. Belaj knabinoj kaj junaj sinjoroj sidas sur la benkoj ĉe la pordoj. Ili faras muzikon kaj kantas. Paco estas en la koroj, en la rusaj hejmoj. Bela vespero kuŝas en la urbo.

그들은 끼따이스까야 거리를 향해 가고 있다. 아름다운 저녁이다. 고양이와 개들만 넓은 길에 보일 뿐이고, 사람들은 러시아 가옥의 집안에 앉아있다. 그들은 큰 방의 탁자 곁에 앉아, 차를 마시거나 성경을 읽는다. 탁자 위엔 차 끓이는 기계인 사모바르[2]가 놓여 있다. 이 사모바르가 소리 난다. 즈-우....즈-이....주지주지....아이들은 침대에서 놀고 있다. 지금은 저녁이지만, 아직 밤은 아니다. 예쁜 소녀들과 젊은이들이 집 대문 앞의 긴 의자에 앉아있다. 그들은 악기로 연주하며 노래 부른다. 평화는 이들의 마음속에, 러시아 사람들의 가정에 들어가 있다. 아름다운 저녁이 시가지를 덮고 있다.

Marja pensas: ĉu la vespero estas bela ekster la

---

2) *역주: 러시아식 주전자

urbo, en la grandaj kaj malpuraj kazernoj de la militkaptitoj? Ĉu ili havas pacon en la koro? ĉu ne malamo loĝas en la kazernoj, kie homoj, junaj kaj maljunaj, sanaj kaj malsanaj, kuŝas kaj rigardas nur al la nigra plafono, al la grizaj muroj kaj kie la pesimismo faras malbelajn bildojn?

Marja ne havas vortojn kaj kuraĝon al la demando. Ŝi vidas malaltan domon en la strato kaj ŝi montras al ĝi.

마랴는 생각에 잠겨 있다: '교외의 크고 깨끗하지 못한 포로수용소 안의 저녁도 이처럼 아름다울까? 그네들은 마음속에 평화가 있을까? 젊은이, 늙은이, 건강한 사람, 병든 사람이 누워서 시커먼 천장과 회색 벽만 쳐다보며, 절망과 비관으로 가득 찬 수용소에는 증오감이 자리하고 있지 않을까?'

마랴는 할 말이 더 없고, 질문할 용기도 없다. 그녀는 거리의 낮은 집을 가리킨다.

-La domo de sinjorino Bogatireva. Ŝi sidas ĉe la fenestro en la lernoĉambro. Ĉu vi ŝatas ŝin?

-Jes, ŝi estas inteligenta sinjorino.

-Mi amas ŝin. Ho, ŝi estas bona, bona ... Ŝi estas rusino ... bona rusino ...

-Mi scias.

-Jes ... vi scias ... jes ...

Ili marŝas, marŝas en la vespera silento. Marja rigardas al la instruisto. Li atentas nur la vojon kaj ne parolas. Ŝi pensas: ankaŭ li ne havas kuraĝon. Sed Marja deziras konversacion en la nova lingvo ĝis la hejmo.

"보가티레바 여사 댁이에요. 그분은 교실에서는 주로 창가에 앉아요. 선생님은 그분이 좋아요?"

"예, 그분은 지성인이지요."

"저도 그분을 좋아합니다. 아, 그분은, 선한, 선한 분이...그분은 러시아 여자예요...선한 러시아 여자...."

"알아요."

"예...선생님은 아실 거예요...그렇지요..."

그들은 고요한 저녁에 걷고 또 걷는다. 마랴는 선생님을 쳐다본다. 그는 길만 응시한 뿐 말이 없다. 그녀는 선생님도 용기가 나지 않나 보다 하고 생각한다. 그러나 마랴는 집에까지 가면서 새로 배우는 언어로 회화를 계속하고 싶다.

-Sinjoro, kion vi pensas nun?

-Mi ne havas vortojn al la respondo, vortojn, kiujn vi komprenas, sed mi diras al vi, nun mi estas feliĉa. Vi estas bona lernantino.

-Ĉu nur bona lernantino? Ĉu vi ne pensas: Marja Bulski estas ne nur bona lernantino, sed ankaŭ homo, kiu havas belajn sentojn, bonajn pensojn?

-Kaj ŝi havas bonan koron. Mi scias. Mi dankas al vi. Vi vidas en mi ne militkaptiton kaj ne nur instruiston, sed ankaŭ homon.

-Jes, homon, bonan homon.

-Sed, fraŭlino, nun ne estas paco. Nun estas milito. La homoj ne estas egalaj. Ĉu vi komprenas min?

-Mi komprenas vin, sed mi ne estas malkuraĝa knabino.

La militkaptito rigardas al la direkto de la kazerno kaj li ne respondas. Ili silente marŝas de domo al domo, de strato al strato. Ankaŭ Marja ne deziras konversacion. Ŝi rigardas la vojon kaj pensas en la hejma lingvo.

"선생님, 지금 무슨 생각을 하고 계세요?"

"대답에 적당한 말이, 아가씨가 이해할 만한 적당한 말이 떠오르지 않아요. 그러나 내가 해줄 수 있다면, 나는 지금 행복해요. 아가씨는 선한 여학생이구요."

"선한 사람일 뿐인가요? 마랴 불스키가 선한 사람일 뿐만 아니라, 아름다운 감정과 건전한 생각을 가진 이라곤 생각 않나요?"

"거기에다 착한 마음씨도 가졌지요. 알구 말구요. 아가씨에게 고마워요. 아가씨는 나를 포로로 보지 않고, 가르치는 사람으로, 인간으로 봐 주니까요."

"그럼요, 좋은 분으로요."

"하지만, 아가씨, 지금은 평화로운 시절이 아닙니다.

지금은 전시라구요. 사람들은 평등하지 않아요. 내 말이 이해되나요?"

"이해하지만 저는 용기가 없는 소녀는 아니에요."

포로는 수용소 쪽만 바라볼 뿐 더 말이 없다. 그들은 말없이 여러 집과 여러 거리를 지나간다. 마랴도 회화를 더 하고 싶진 않다. 마랴는 길을 바라보며, 자신의 모어로 생각해 본다.

En la strato Kitajskaja ŝi haltas kaj montras al malgranda, blankmura domo.

-- Sinjoro, mi estas hejme.

-- Bonan nokton, fraŭlino!

Mano tuŝas manon, okuloj rigardas al okuloj kaj en la manpreno, en la rigardoj estas kora varmo.

-- Ĝis revido -- ŝi diras kaj malfermas kaj fermas la pordon de la domo.

La militkaptito restas sur la strato. Li atentas, aŭskultas kaj pensas, pensas, pensas ...

끼따이스까야 거리에서 마랴는 멈춰 서서, 흰 벽이 보이는 작은 집을 가리킨다.

"선생님, 이제 저는 집에 다 왔습니다."

"잘 가요, 아가씨."

서로 악수를 하고 눈과 눈이 마주친다.

그리고 서로의 악수와 시선에는 마음에서 우러나오는 따뜻함이 흐른다.

"안녕히 가세요."

마랴는 작별인사를 하고, 자기 집 출입문을 열고 들어간다.

이제 길에는 포로만 남아 있다. 그는 신중하게 걸어가면서 주위에서 들려오는 소리에 귀를 기울이며 생각에 잠긴다...

-Ruĝa floro en blanka Siberio ... Ne bone mi diras. Blanka floro en ruĝa Siberio ... Ne! ... Eh, estas egale! Ŝi estas interesa knabino, kiu havas inteligentan kapon kaj bonan koron kaj ... kaj mi estas nur militkaptito.
Li marŝas, marŝas, marŝas en la vespera silento al la kazerno, kiu staras ekster la urbo; al la kazerno, en kiu militkaptitoj kuŝas kaj maldormas, rigardas al la plafono, faras fantaziajn bildojn, aŭskultas la parolon de la silento kaj de mateno ĝis nokta dormo ili diras nur unu vorton: "Hejmen! ... Hejmen!"

'하얀 시베리아의 붉은 꽃... 잘못 말했군. 붉은 시베리아의 하얀 꽃....아냐!... 에이. 마찬가지야! 저 학생은 명석한 머리에, 착한 마음씨를 가졌어. 흥미로운 아가씨이구나... 그리고 난 포로일 뿐.'

조용한 저녁나절에 그는 교외에 자리한 포로수용소를 향해 걷고 또 걸을 뿐이다.

수용소 포로들은 잠이 오지 않아 누운 채 천장만 바

라보며, 환상의 그림을 만들고, 침묵이 말하는 것을 듣는다. 그들은 아침에 일어나, 저녁에 잠자리에 들 때까지 한 마디만 되풀이했다.
'고향으로! 고향으로!'

Ĉapitro 3: Malgranda poeto 작은 시인

En la ĉina kvartalo de la urbo, inter la ĉinaj kazerno kaj teatro staras malalta simpla domo. Ĝi estas ne tre pura komercejo. La diversaj objektoj kuŝas sur la tablo, sur la planko kaj en grandaj paperskatoloj.

이 도시의 중국인 거주구역 내, 중국군 주둔 병영과 극장 사이에 수수한 집 한 채가 있다. 이 집은 그다지 깨끗하지는 않다. 이 집에 상점이 있다. 온갖 물건들이 탁자나 바닥이나 큰 종이상자들 안에 놓여 있다.

La komercisto estas maljuna ĉino. Li sidas sur la strato antaŭ la pordo. rigardas la homojn, tenas longan pipon en la buŝo kaj fumas, fumas. Li aŭskultas la matenan koncerton: la soldatoj trumpetas en la ĉina kazerno. Li aŭskultas la vesperan koncerton: la ĉinaj aktoroj muzikas kaj kantas en la teatro.

상점 주인은 중국인 노인이다. 그는 상점 출입문 앞에 앉아서 지나가는 사람들을 쳐다보며, 언제나 긴 담뱃대를 입에 문 채 담배 피운다. 그는 아침의 연주도 듣는다. 중국군 주둔 병영에서 아침마다 트럼펫 소리가 들리기 때문이다. 저녁에는 그는 중국인 배우들이 극장에서 연주하며 노래를 부르는 저녁의 콘서트도 듣는다.

De mateno ĝis vespero li nur sidas kaj aŭskultas, sed li ne bone aŭdas. La maljuna mastro estas tre surda, sed ne tute. Surda homo estas filozofo. Filozofo nur pensas, sed li ne laboras. En lia komercejo juna knabo kaj bela, alta knabino servas al la homoj. Ili estas gefiloj de la komercisto, kiu havas multajn gefilojn, sed nun ili loĝas en la grandaj urboj de Ameriko. Nur la du junaj gefratoj estas kun li. Ilia patrino, lia edzino, loĝas en la mondo, kie jam la homoj nur silentas. La maljuna ĉino sen edzino, kun du orfaj gefiloj, sentas kaj pensas: ankaŭ mi jam ne tute apartenas al la homa mondo. Li deziras dormon, longan nokton. La homoj ne interesas lin kaj li ne la homojn. Nur liaj junaj gefiloj amas lin kaj li sentas: li amas nur la du georfojn.

그 노인은 아침부터 저녁까지 앉아있기만 하고, 듣는다고 해도 잘 듣지 못한다. 이 노인이자 주인은 귀가 잘 들리지 않지만, 완전히 못 알아듣는 것은 아니다. 귀가 먹은 사람은 철학가다. 철학가는 생각만 할 뿐 노동하진 않는다. 그 상점을 찾는 손님을 맞는 일은 청년과 예쁘고 큰 키의 소녀가 해낸다. 이 두 사람은 이 상점 주인의 자녀이다. 이 상점 주인의 자녀는 여럿이다. 그중 몇 명은 미국의 어느 도시에 산다. 이 어린 두 자식과 함께 그 주인은 여기서 살아가고 있다.

이 자녀들의 어머니이자 이 상점 주인의 아내는 벌써 침묵이 지배하는 저세상에 가 있다.

아내와 사별하고, 고아 같은 두 자식과 함께 살아가는 이 노인은 자신도 이 인간 세상에 온전히 소속되어 있지 않다고 느끼고 생각한다.

그는 영원한 잠에 빠져들었으면 하고 염원한다.

주위 사람들은 그 주인에게 별 관심을 두지 않고, 그도 주위를 의식하지 않는다.

어린 자녀들만 그를 사랑하기에, 그는 고아 같은 자녀들만 애지중지 여긴다.

Ni rigardu en la komcercejon, kie ĉe la fenestro staras la bela alta knabino. Ŝi rigardas al la malpura, mallarĝa strato. Komercejo apud komercejo; la mastroj sidas sur la strato antaŭ la pordoj. Nur la dika Lon Fu staras kaj li rigardas al ŝi. Lon Fu ne estas interesa homo, ŝi pensas kaj ŝi iras de la fenestro al la tablo, ĉe kiu ŝia frato laboras.

  그 상점 안으로 들어 가 보자. 창가에는 키가 큰 예쁜 소녀가 서 있다. 소녀는 지저분하고 좁은 거리를 쳐다본다. 그 거리에는 상점들이 늘어 서 있다. 단지 뚱뚱한 론 푸가 서서, 그 소녀를 바라보고 있다. 그 소녀는 론 푸라는 사람에게는 별로 관심이 없는 듯이, 창가에서 떠나 탁자가 있는 쪽으로 가버린다. 탁자에서는 그녀 오빠가 뭔가 공부를 하고 있다.

-Kion vi faras?

-Mi skribas.

-Mi vidas, sed vi skribas ne en ĉina lingvo.

-Ne! En mia nova lingvo mi skribas, Sunfloro.

-Sunfloro? Kion ĝi signifas? Mi ne komprenas.

-Via nomo estas en la lingvo Esperanto. Ĝi estas bela, tre bela vorto. Ĉu ne?

"오빠 뭐 해?"

"뭐 좀 쓰고 있어."

"중국어는 아니네."

"아니지! 새 언어로 쓰고 있다ᅡ, 순플로로3)"

"순플로로? 그게 무슨 말이야? 난 무슨 말인지 모르겠네."

"에스페란토로 지은 네 이름이지. 아주 아름다운 말이지. 안 그래?"

La juna knabino rigardas la fraton, lian skribon. En ŝiaj okuloj estas malkompreno.

-Frato, de mateno ĝis fermo de la domo vi lernas, skribas, legas, ne parolas al mi, ne rigardas min kaj mi sentas min sola. Mi malamas vian Esperanton. Ĝi tute prenas vin de mi.

La juna knabo longe silentas. Li tuŝas la

---

3) *역주: 해바라기라는 뜻의 에스페란토 낱말.

malgrandan fratinan manon. Per la rigardo li petas pardonon.

그 소녀는 오빠를 한 번, 오빠가 쓰고 있는 것을 한 번 쳐다본다. 소녀의 눈가엔 의심이 가득 차 있다.

"오빠, 오빠는 아침부터 가게 문 닫을 때까지 배우고, 쓰고 또 읽기만 하네. 내겐 말도 한마디 않고, 한번 쳐다봐 주지도 않아, 난 외톨이가 되어버렸어. 난 오빠가 하는 에스페란토가 싫어!"

어린 소년은 오랫동안 말이 없다. 그는 누이의 작은 손을 잡는다. 눈길로 그는 용서를 구한다.

-Sunfloro kara, aŭskultu min!

-Ne nomu min Sunfloro! Malbela nomo. Mi malamas vian Esperanton.

-Vi ne scias, kion vi parolas. Vi malamas la amon. Ĉu mia bona fratino ne havas koron?

-Koron mi havas, sed ĝi ne apartenas al via malbela lingvo, sed al vi kaj al nia patro.

-Kaj al la dika Lon Fu. Ĉu ne?

-Ne estas vero! Vi diras malveron. Vi estas malbona frato. Ankaŭ vin mi ne amas.

Ŝi iras al la pordo de la apuda ĉambro, sed ŝi ne malfermas ĝin. La parolo de la frato tuŝas ŝian koron.

"예쁜 순플로로, 내 말을 좀 들어 봐!"

"순플로로 라고 부르지 마! 예쁘지도 않네. 오빠의 그

에스페란토는 싫어!"

"너는 잘 모르는 군. 네가 그렇게 말하면 그 말은 네가 사랑을 싫어한다는 말이 된다구. 우리 착한 누이는 사랑하는 마음이 없는구나?"

"그런 마음이야 있지. 하지만 그 마음은 오빠가 쓰는 못난 그 언어를 향해서가 아니라, 오빠와 아버지를 위한 거라구."

"또 저 뚱뚱한 론 푸를 위해서도. 그렇지?"

그녀는 옆방의 문을 향해 갔지만, 문을 열지는 않는다. 오빠는 다정한 말로 누이의 마음을 다독거린다.

-Aŭskultu kaj komprenu min! Mi amas vin kaj nian patron. Mi scias, la dika Lon Fu ne interesas vin. Li ne estas bona homo. Li deziras ne vian koron, sed vian monon kaj la komercejon de nia patro. Sed mi amas ankaŭ la homojn.

"잠깐 내 말 한번 들어 봐! 난 너를 사랑해. 아버지도. 네가 저 뚱보 론 푸에 관심 없다는 걸 나는 알아. 그는 착한 사람이 아냐. 그는 네 마음보다도 네 지참금과 아버지 가게에 더 관심이 많아. 그렇지만 난 그런 사람들도 사랑한다구."

-Ĉu ankaŭ la blankajn homojn? Ili estas malbonaj. Mi malamas ilin.

-Fratino mia, vi ne komprenas la mondon. La

homoj estas malegalaj en la koloroj, sed en la koraj sentoj ili estas egalaj. Kiam mi sidas en la kurso, mi vidas, la ruso, polo germano, latvo, ĉeĥo, rumano estas fratoj.

-Ili estas blankaj homoj.

-Jes, sed mi sentas, ili rigardas ankaŭ min frato. Ili estas miaj geamikoj.

"백인들도? 그들은 나쁜 사람이야. 그들은 싫다고."

"누이야, 너는 세상을 잘 모르는군. 사람들이 피부색은 서로 달라도, 마음으로 느끼는 감정은 똑같아. 내가 강습회에 가 보면, 그곳엔 러시아, 독일, 라트비아, 체코, 루마니아 사람들이 있는데, 모두가 형제와 마찬가지라고."

"하지만 그들은 백인이야."

"그렇지만 그들이 나를 형제나 다름없이 대하는 걸 난 느껴. 그분들은 내 친구야."

-Ne kredu al ili! Blanka homo ne estas amiko de ĉina homo. Ho, frato, vi, jes, vi ne komprenas la mondon.

-Viaj vortoj tranĉas mian koron. Vi ne komprenas min. Mi silentas.

La ĉina knabo prenas la plumon kaj skribas, skribas. Li rigardas al la plafono, al la papero kaj skribas, skribas. Lia fratino prenas seĝon, metas ĝin apud la tablon kaj ŝi pensas: ĉu mi estas vere malbona fratino?

"그 사람들 믿지 마. 백인들은 우리 중국사람의 친구가 될 수 없어. 오빠, 오빠야말로 우리가 사는 세상을 잘 모르고 있군."

"네 말이 이 오빠 마음을 상하게 하는군. 넌 오빠를 잘 모르네. 내가 참아야지."

중국인 청년은 다시 펜을 잡고 열심히 써 간다. 그는 천장을 한번 바라보고, 종이에 뭔가 쓰고 또 써나간다. 청년의 누이는 탁자 옆 의자를 당겨 앉아, 생각에 잠긴다. '내가 정말 나쁜 누이일까?'

Amerika soldato malfermas la pordon. Li salutas la knabon en Esperanto.

-Bonan tagon, amiko! ... Ah, vi ne estas sola. Pardonu!

La ĉina knabo donas la dekstran manon al la soldato kaj per la maldekstra mano li montras al la knabino.

갑자기 어떤 미국 군인이 문을 열고 들어선다. 그는 에스페란토로 인사를 건넨다.

"안녕, 친구!....아, 너 혼자 있는 게 아니네. 실례하네!"

중국 청년은 그 군인에게 오른손을 내밀고, 왼손으로 소녀를 가리킨다.

-Mia fratino, Sunfloro.

La amerika soldato donas manon al la knabino, sed ŝi ne akceptas ĝin. Ŝi salutas la gaston, sed en ĉina etiketo. La soldato longe rigardas ŝin.

-Iĉio Pang, amiko, vi havas belan fratinon. Mi gratulas al vi. Ŝi estas bela fraŭlino. Ĉu ŝia nomo vere estas Sunfloro?

-Jes, la esperanta nomo.

-Ĉu ŝi parolas Esperanton?

-Ne, amiko. Ŝi malamas nian lingvon.

-Ĉu ŝi malamas ĝin?

-Jes, ŝi ne komprenas in.

-Instruu ŝin, Iĉio Pang -- diras la soldato kaj nun li rigardas al la knabino. -Fraŭlino, via nomo kaj vi estas belaj, sed komprenu vian fraton, kiu estas mia bona amiko, mia malgranda ĉina frato. Li havas vere bonan koron, kian multaj homoj ne havas. La belaj sentoj, bonaj pensoj estas gravaj en la mondo.

"제 누이 순플로로입니다."

미국 군인이 소녀에게 손을 내밀어 악수를 청하자, 그 소녀는 응하지 않는다. 소녀도 손님에게 인사하지만, 중국식 인사다.

군인은 한동안 그 소녀를 쳐다본다.

"이치오 팡, 친구. 자네 여동생 예쁘구나. 부러운데. 아름다운 아가씨구나. 누이 이름이 정말 순플로로니?"

"그럼요. 에스페란토 이름이라구요."

"자네 누이도 에스페란토로 말하니?"

"아뇨, 아미코[4], 누이는 에스페란토가 싫다 해요."

"누이가 싫어한다구?"

"그래요. 누이는 우리를 이해하지 못해요."

"누이에게 가르쳐 주면 어때? 이치오 팡!"

그 군인은 그렇게 말하고 다시 그 소녀를 바라본다.

"아가씨. 이름도 예쁘고, 아가씨도 아름답군요. 하지만 내 친구이자 작은 중국인 형제인 오빠를 잘 이해해 주세요. 오빠는 일반 사람들이 가지지 못한 정말 선한 마음씨를 지녔어요. 아름다운 감정과 좋은 생각이야말로 이 세상에 중요한 것이라구요."

La knabino estas pala. Ŝi ne komprenas la parolon de la soldato.

-Kion li diras? -ŝi demandas la fraton.

Iĉio Pang diras en ĉina lingvo la signifon de la frazoj kaj ŝi longe silente rigardas la soldaton.

-Ĉu li estas amerika soldato? -ŝi demandas.

-Jes, li estas amerika soldato.

-Ĉu li loĝas en San Francisko, kie niaj gefratoj? Demandu lin!

-Mia fratino demandas, ĉu vi estas amerika soldato kaj ĉu vi loĝas en San Francisko, kie ni havas gefratojn?

-Ho, ne! Tute ne! Mi estas amerika soldato nur

4) *역주: 친구라는 뜻의 에스페란토 낱말.

nun. Mi servas en la amerika armeo nur en Siberio. Mi estas slovako. Mia hejmo ne estas en Ameriko, sed en malproksima hungara lando. Mi estas militkaptito kaj servisto en la amerika kazerno.

소녀는 창백해진다. 소녀는 그 군인이 하는 말을 알아듣지 못한다.

"저 사람이 뭐라고 해?"

소녀가 오빠에게 묻는다. 이치오 팡은 군인이 한 말을 중국말로 이야기해 주자, 소녀는 한동안 그 군인을 물끄러미 바라본다.

"저 사람은 미군이야?"

그녀가 묻는다.

"그럼. 미군이지."

"언니 오빠가 사는 샌프란시스코에서 왔는지 한번 물어봐."

"누이가 당신이 미군인지, 또 우리 형과 누나가 사는 샌프란시스코에서 왔는지 물어요."

"아니네요. 지금 나는 단지 미군에 속해 있어요. 나는 시베리아 주둔 미군에 근무하고 있어요. 나는 슬로바키아 사람이에요. 내 고향은 미국이 아니라, 머나먼 헝가리 땅이라구요. 나는 포로로 미군 부대서 일하고 있답니다."

Iĉio Pang diras la signifon de la frazoj al la fratino. Ŝi faras grandajn okulojn kaj sen vortoj ŝi iras al la apudfenestra seĝo.

-Estas interese, en nia kurso la uniformoj ne diras la puran veron. Janis Lekko, la rusa soldato, estas latvo. Marja Bulski en la rusa gimnazia uniformo, estas polino, la instruisto, sinjoro Paŭlo Nadai, en la rusa civila vesto, estas hungaro kaj vi, amiko, en la amerika uniformo, estas slovako. Nur mia vesto montras la veron. Mi estas ĉino, vera ĉino.

이치오 팡은 누이에게 그 말의 뜻을 전해준다.

그녀는 눈을 크게 뜨며, 말없이 창가 의자 쪽으로 다가간다.

"우리 강습회에 참가한 사람들의 옷이 진실을 말하고 있지 않다는 것이 흥미롭군요. 야니스 렉코는 러시아 군인이지만 라트비아 사람이고, 마랴 불스키는 러시아 김나지움 교복을 입은 폴란드 여성이고, 우리 선생님 파울로 나다이는 러시아 민간인 복장이지만 헝가리 사람이고. 아미코, 당신은 미군 복장이지만 슬로바키아 사람이구요. 내 옷만 진실을 말하는군요. 나는 정말 중국사람, 중국사람이거든요."

-Sed bona, tre bona ĉino -- diras la soldato.
-Kion vi faras?
-Mi lernas kaj skribas.
-Ĉu Esperanton? Montru, kio estas sur la papero?

-Ne! Mi ne kuraĝas ... Mi faras nur praktikon.

"더구나 마음씨 아주 착한 중국사람이지."

그 군인이 말한다.

"그런데 지금 뭘 하고 있어?"

"나는 지금 배우고 또 쓰고 있답니다."

"에스페란토를? 종이에 쓴 것을 좀 보여줘."

"안 돼요! 그럴 용기가 없네요... 연습하는 것인데요."

La soldato iras al la tablo, prenas la paperon, rigardas la skribon kaj legas, legas. La fratino de Iĉio Pang atentas kaj la soldaton kaj la fraton. Ŝi vidas; la soldato manĝas per okuloj la skribon. Lia rigardo estas tre bela kaj la frato pale blanka staras apud li.

군인은 탁자에 다가가, 그곳에 놓인 종이를 집어 들고는 그가 쓴 것을 읽어본다. 또 읽어본다. 이치오 팡의 누이는 군인과 오빠, 그 둘을 주의 깊게 살펴본다. 그 소녀는 그 군인이 오빠가 쓴 것을 주의 깊게 쳐다보는 것을 지켜보고 있다. 군인의 시선에는 만족한 느낌이 보였고, 군인 옆의 오빠 모습은 백지장처럼 창백해진다.

La soldato metas la paperon sur la tablon.

-Nu, Iĉio Pang, ankaŭ via uniformo diras malveron. Vi ne estas vera ĉino, sed vi estas esperanta poeto. Mi estu hundo, se mi ne diras la puran veron. Ĝi estas poemo, bela kaj kortuŝa poemo.

-Ĉu ĝi plaĉas al vi?

-Jes, tre! Vera poemo! Iĉio Pang, vi estas la poeto de nia kurso.

-Nu, ĝi estas simple kunmeto de frazoj, en kiu estas nur la vortoj, kiujn mi scias.

-Ĉu simpla kunmeto de frazoj? Sed ĝi havas muzikon kaj senton. Aŭskultu! Mi legas al vi.

군인은 다시 그 종이를 탁자에 놓는다.

"음, 이치오 팡. 너의 옷도 진실이 아니네. 너는 중국 사람이 아니라 에스페란토 시인이야. 내가 거짓말했다면 내 손에 장을 지질 게. 지금 네가 쓴 것은 시야. 아름답고 심금을 울리는 시네."

"마음에 들어요?"

"그럼, 아주! 정말 시라구! 이치오 팡. 넌 우리 강습회의 시인이야."

"저어, 그것은 내가 아는 낱말들로 문장을 단순히 만들어본 것에 지나지 않아요."

"단순한 문장 만들기라고? 그렇지만 음악적 요소와 감동이 들어 있어. 잘 들어 봐! 내가 한 번 읽어 볼께."

AL NIA LINGVO
우리 언어에게

Vi, bela lingvo, Esperanto,
en mi la penso jam ne

에스페란토, 너는 아름다운 언어. 내 안의 생각은 벌써 너를

mutas; parolas sentoj en la kanto, per kiu vin mi nun salutas.

만나네. 나의 노래로 너를 향해 인사하면, 내 안의 마음은 벌써 너를 반기네.

Ho, kie estas via lando? --demandas homoj. La respondo: La lingvoland' de Esperanto jam estas nia tuta mondo!

오, 네 고향을 묻는 이에게 너는 이렇게 대답하네: 에스페란토 고향은 여기 이곳, 우리가 사는 온누리라네!

Al tuta mond' vi apartenas, al alto levas vi la Homon kaj kiu vin en koro tenas, de vi ricevas Belon, Bonon.

온 사람을 주인으로 대접하고 온 사람을 드높은 곳으로 이끌고, 배우는 사람의 가슴마다 아름다움과 선한 마음 지니게 하는 너, 에스페란토.

En homan mondon venas Amo per Nova Sento, kormuziko; vi faras Pacon el malamo kaj fraton el la malamiko.

세상에 새 감동과, 사랑의 마음을 전하는 너는 세상의 증오와 복수를 평화와 형제애의 마음으로 바꾸어 주네.

Vi donas al mi, Esperanto, kulturon novan kaj laboron ... Sed kion donu mi, lernanto? Akceptu mian tutan koron!

에스페란토, 너는 내게 새 문화를 알려주는데... 이 배우는 이가 줄 수 있는 것이라곤 이 진실의 마음뿐.

-Iĉio Pang, via poemo estas vere bela, tre bela. La vortoj muzikas en ĝi.

-Vi bele elparolas la vortojn. Estas malfacile al mi la litero "r".

-Via elparolo nun ne gravas. Donu la poemon kaj la geamikoj en la kurso havu belan vesperon.

-Se vi deziras, prenu ĝin. Mi ne havas kuraĝon kaj mi restas hejme.

-Tute ne! La poeto sidu apud mi, inter la geamikoj. Nu, amiko, antaŭ la kurso mi iras al la kazerno de la militkaptitoj. Mi havas diversajn bonajn manĝobjektojn ĉe mi kaj vi scias, mi estas amerika soldato, sed miaj fratoj loĝas en militkaptitejo. Ĝis vespero!

"이치오 팡, 이 시는 정말 아름답네. 이 시의 시어가 음악이 되어 흐르고 있어요."

"제가 쓴 문장을 잘 읽네요. 저는 **로(R)** 발음이 어려워요."

"자네 발음은 지금 문제가 되지 않아. 내가 지금 이 시를 가져가, 우리 강습회 참가자들과 함께 즐거운 저녁을 보낼 수 있었으면 하네."

"그러면 가져가세요. 하지만 저는 그럴 용기가 안 나요. 저는 집에 남겠어요."

"그러면 절대 안 돼! 우리 시인은 우리 동료들 가운데, 내 옆에 앉아있기만 하면 되어요. 강습회가 시작되기 전에 다시 수용소에 가 봐야 해. 내게 몇 가지 맛있는 먹거리가 있지. 자네는 알지, 내가 미국 군인이지만, 우리 형제들은 수용소 안에 살고 있음을. 저녁에 만나요!"

La soldato metas la poemon en la poŝon, li amike prenas la manon de iĉio Pang, soldate salutas lian fratinon kaj eliras sur la straton.

Iĉio Pang staras ĉe la pordo de la komercejo. Li longe rigardas al la bona amiko, al la blanka frato, kiu marŝas sur la vojo kaj portas en la poŝo lian poemon.

La gefratoj senvorte sidas, sidas. La fratino deziras parolon, sed ŝi ne kuraĝas. Ŝi sentas: la frato havas la amon de la amerika soldato, kiu ne estas amerika homo kaj kiu bone komprenas ŝian fraton. La blanka homo komprenas lin kaj ŝi, la fratino, ne. Ĉu ne? Ĉu vere ne? Nun ankaŭ ŝi sentas: inter ŝia frato kaj la amerika soldato estas amika sento, kiu tuŝas ankaŭ ŝian koron.

군인은 그 시를 호주머니 안에 넣고, 이치오 팡의 손을 다정하게 잡는다. 그는 이치오 팡의 누이에게 거수경례하고 길을 나선다.

이치오 팡은 상점 문 앞에 서 있다. 그는 자기 시를 호주머니 안에 넣고 걸어가는 친구인 그 백인을 보고 있다.

오누이는 말없이 앉아있다. 누이는 먼저 말을 걸어보고 싶었지만, 용기가 나지 않는다. 누이는 오빠가 그 군인의 사랑을 받고 있음을 느낀다. 그 백인은 오빠의 말을 이해하는데, 누이는 그 두 사람이 무슨 내용으로 이야기했는지 몰랐다. 정말 몰랐을까? 정말 그럴까? 지금 누이는 오빠와 그 군인 사이에 우정이 있음을 느끼고, 그러한 감동이 자신의 마음속에도 와 닿음을 느꼈다.

Ŝi iras al li, metas la malgrandan manon sur la kapon de la frato kaj tre kore parolas:
-Mi ... mi ... kion mi diru? ... Mi ne malamas vian Esperanton ... mi ... mi nur ne ŝatas ĝin. Ĉu vi pardonas al mi?
Iĉio Pang rigardas al la okuloj de la bela fratino. Liaj vortoj pardone muzikas.
-Ho, jes, jes ... Vi estas sur la vojo al Esperanto.
-Ho, ne, ne! Tute ne! ... Kio estas mia nomo en via nova lingvo?
-Sunfloro.
 누이는 오빠에게 다가가, 오빠의 머리에 작은 손을 얹고 솔직하게 말한다.
 "난...나는 요... 뭐랄까?...나는 오빠가 하는 에스페란토를 싫어하지 않아... 나는 ...나는 좋아하지 않을 뿐이야. 용서해 줄 수 있어?"
 이치오 팡은 누이의 눈을 다정하게 바라본다, 그는 용서했다는 듯이 즐거이 말한다.
 "오, 그래, 그럼... 너도 이제 에스페란토를 배우는 길에 들어섰네."

"아, 아니, 아니! 전혀요!...오빠가 하는 새 언어로 내 이름이 뭐라 했어?"

"순플로로."

-Sunfloro ... Sunfloro ... ĉu li trovas ĝin bela?

-Li?! Kiu li?

-Nu, li ... via gasto ... via amiko, la ... la amerika soldato, kiu havas hejmon en la malproksima hungara lando kaj kiu estas slovako.

-Jes, li diras, via nomo kaj vi estas belaj.

-Ĉu ankaŭ mi? ... Sunfloro, Sunfloro ... Vere ĝi ne estas malbela vorto.

-Mi diras al vi, vi estas jam sur la vojo al Esperanto.

-Ne, sed ... sed ... Jes, kio estas lia nomo?

-La nomo de kiu?

-Nu, la nomo de via amiko ... Mi pensas, li ne apartenas al la malbonaj blankaj homoj.

-Lia nomo ... Vere mi ne scias. Mi nomas lin "amiko". En la vespero, kiam mi ...

-Ne demandu lin! Li restu Amiko. La nomo Amiko tre plaĉas al mi.

-Ĉu nur la nomo? Pensu, li estas blanka homo.

-Vi diras la puran veron. Li estas blanka homo kaj mi estas vera ĉina knabino. Sed lia nomo restu Amiko.

-Sunfloro, Sunfloro, vi estas granda infano?

-Kaj vi, frato, estas granda stratbubo. Nu!

"순플로로...순플로로... 아까 그 사람이 예쁘다고 했어?"

"그 사람이라니? 그 사람 누구?"

"저어, 그 사람...오빠 손님...오빠 친구... 미...미군. 저 멀리 헝가리 나라가 고향인 사람이면서도 슬로바키아 사람."

"그래, 그가 네 이름도 이쁘고, 너도 이쁘다고 했어."

"뭐, 나도?... 순플로로... 순플로로...정말 나쁜 이름은 아니군."

"내가 너는 이미 에스페란토 배우는 길에 들어섰다고 했잖아."

"아냐. 하지만...그 사람 이름이 뭐야?"

"누구 이름?"

"저어,....오빠 친구...내 생각엔 그는 나쁜 백인은 아니야."

" 그 사람 이름은... 나는 실은 아직 몰라. 나는 그를 그냥 '아미코'라고 부르지. 저녁에 내가 만나게 되면 그때...."

"그에게 이름을 물어보진 말아! 나도 그를 아미코라 부르고 싶어, 아미코라는 이름이 이쁜 걸."

"이름만? 그는 백인이라는 점을 생각해."

"그래 맞아. 그는 백인이고 나는 정말 중국인이야. 그래도 나는 그를 아미코라고 부르겠어."

"순플로로. 순플로로. 너도 이제 다 컸구나."
"그리고 오빠는 굉장한 심술꾸러기네. 안 그런가?"

Ŝi iras al la pordo de la komercejo.
-Patro, patro, aŭskultu, la amiko kaj gasto de
Iĉio Pang, la amerika soldato, sciu, li ne estas
amerika homo, li ne loĝas en San ...
Ŝi estas jam sur la strato kaj Iĉio Pang ne
aŭdas ŝian parolon. Li longe pensas.
-Esperanto estas ne nur lingvo, sed ĝi estas
ankaŭ ŝlosilo de la homa koro kaj la koro estas
la bona kaj grava parto de la tuta homo.
그녀는 상점 문으로 간다.
"아버지, 아버지. 들리세요. 이치오 팡 오빠의 친구인
그 손님 있지요. 그 사람은 미국사람이 아니래요. 샌프
란시스코엔 살지 않대요."
누이는 이미 길에 나와 있어 누이가 하는 말을 이치
오 팡은 들을 수 있다. 그는 한동안 생각에 잠긴다:
'에스페란토는 언어일 뿐만 아니라 사람의 마음을 열
어 주는 열쇠이며, 그 마음은 모든 인류가 가진 유익
하고도 중요한 요소이구나.'

Ĉapitro 4: Leciono en la parko
공원에서의 수업

Estas bela varma tago. La vetero donas bonan humoron al la homoj, kiuj deziras promenon en la "urba parko". Nu, parko ĝi ne estas. La ne granda ĝardeno kuŝas malantaŭ la Popola Domo. Ĝiaj maljunaj arboj havas verdan veston. Flav- kaj ruĝkoloraj floroj petas atenton de la okuloj kaj ankaŭ akvon petas de tiu, kiu faris la tutan mondon. Nun la mallarĝaj promenvojoj estas orfaj; lacaj homoj ne sidas sur la malnovaj benkoj sub la arboj.

포근하고 아름다운 날이다. '시민 공원'에서 산책하려는 사람들에겐 날씨가 좋아 기분도 상쾌하다. 하지만 진짜 공원이 아니고 이름만 공원이다. 인민 회관 뒤의 크지 않은 정원이 그것이다. 정원의 큰 나무들은 초록의 옷을 입고 있다. 노란 꽃, 붉은 꽃이 사람들의 관심을 청하고, 이 세상을 창조한 조물주로부터 비도 기다린다. 좁은 산책길엔 인적이 없다. 피곤한 사람들을 위해 만들어 놓은, 나무 아래 자리한 낡은 벤치에는 아직 아무도 없다.

Hodiaŭ estas grava tago en la urbo. La nomo de tiu ĉi tago havas ruĝan koloron en la rusa kalendaro. Sed nun ne sole en la kalendaro estas ruĝa koloro. Ankaŭ la domoj havas ruĝan veston, ankaŭ la koro de la homoj havas ruĝan senton. Granda politika kunveno estas en la Popola Domo.

오늘은 이 도시의 중요한 날이다, 이날의 이름은 러시아 달력에 붉은 글씨로 적혀 있다. 그러나 지금은 달력만 홀로 붉은색이 아니다. 집들도 붉은 옷을 입고, 사람들의 마음도 붉은 감정을 지닌다. 시민회관에는 대규모 정치 집회가 열리고 있다.

La gelernantoj de la kurso staras antaŭ la pordo. La rusa politiko ne interesas ilin. Ili ne estas rusoj. Nur sinjorino Bogatireva kaj du el la gimnaziaj lernantinoj: fraŭlinoj Smirnova kaj Tkaĉeva. La politiko ne estas sinjorina afero kaj la knabinoj ne komprenas ĝin. Nur sinjoro Kuratov, la maljuna poŝtoficisto pensas pri ĝi, sed li apartenas al malnova mondo. La nuna politiko ne plaĉas al li. Li ne parolas pri tio. Li servas fidele en la kontoro.

수강생들은 출입문 앞에 서 있다. 러시아 정치는 그들의 흥미가 아니다. 그들은 러시아 사람이 아니다. 보가티레바 여사와 김나지움의 여학생들인 스미르노바 양과 르카체바 양, 이들만 러시아 사람일 뿐. 정치는 부인네들의 일이 아니고, 여학생들은 정치를 이해하지 못한다. 나이 많은 우체국 직원 쿠라토프 씨만 이에 대해 생각하지만, 그는 이미 구세대다. 지금 정치는 그의 마음에 들지 않는다. 하지만 그는 정치에 대해 말하지 않는다. 그는 사무실에서 충실히 일할 뿐이다.

-Revoluciaj tempoj -li diras -kaj en tiuj tempoj la homoj ne scias, kion ili vere deziras. Hieraŭ estis unu caro. La soldatoj deziris bonan sanon al la caro: hodiaŭ estas multaj caroj kaj la soldatoj deziras la samon al multaj caroj. Mi aŭdis, kiam oficiro diris al la soldatoj: "La caro jam ne estas caro." Bone! Egale! Kaj kiam la soldatoj marŝis en la kazernon, ili kantis la caran himnon. Novan kanton ili ne havis. Al mi estas egale, ĉu caro, ĉu caroj. Nur estu homa kompreno! En la revoluciaj tempoj estas homoj, kiuj havas kaj havis diversajn kolorojn. Tian koloron, kian deziras la politiko de la tago. Ili estas kameleonoj. Mi ne havas koloron.
  "혁명의 시대," -그는 말한다. - "그런 시대에는 사람들이 진정 바라는 것이 무엇인지 잘 모릅니다. 어제는 황제가 한 사람 있지요. 군인들은 그에게 만수무강을 기원했어요. 오늘은 황제가 많아졌어요. 그래서 군인들은 이제 수많은 황제에게 만수무강을 기원합니다. 어느 장교가 군인들에게 '이제 황제는 더 이상 황제가 아니야.'라고 말하는 것도 들었어요. 좋다구요. 모두 똑같아요! 하지만 군인들은 병영에서 행진할 때, 그들은 그 황제 찬가를 불러댑니다. 그들에겐 새 노래가 없습니다. 나는 황제가 하나이든지, 열이든지 마찬가지라고 봐요. 사람들 사이의 이해만 있으면 되지요! 혁명의 시대엔 사람들이 여러 가지 색깔을 띠고 있습니다. 그 시대의 정치가 바라는 색깔로 가게 마련이지요. 그래서 사람들은 모두 카멜레온입니다. 하지만 나는 색깔이 없는 사람입니다."

-Nu, sinjoro Kuratov, vi ne diras la puran veron. Ankaŭ vi havas koloron, kiun vi pli ŝatas. Via koloro estas la verda. Ĉu ne? -Per tiu parolo fraŭlino Smirnova tuŝas malfortan punkton de la maljuna sinjoro.
-Ĉu la verda koloro? -kaj Kuratov longe restas sen vortoj. -- Nu, jes! Vi ne malbone parolis. Vere, la verda koloro plaĉas al mi ... Sed, gesinjoroj, ĉu ni staru ĉi tie?
-La sinjoro instruisto ne venis. Ni atendu! Ankaŭ Iĉio Pang kaj lia amerika amiko ne ĉeestas. Ni atendu! -- kaj en la vortoj de Marja Bulski estas sekreta peto.

"그런데 쿠라토프 씨는 진실을 말하지 않는군요. 더 좋아하는 색깔이 있지요. 그 색은 초록색입니다. 그렇지요."

스미르노바 양이 노신사의 약점을 건드린다.

"초록색이라?"

그리곤 쿠라토프는 한동안 아무 말이 없다.

"음, 맞아요! 학생이 한 말은 틀리지 않군요. 정말 내 마음엔 초록색이 어울립니다.... 정말 나는 초록색을 좋아해요. 하지만, 신사 숙녀 여러분, 여기 이렇게 서 있기만 하렵니까?"

"우리 선생님이 아직 오지 않았네요. 좀 더 기다려 봅시다! 이치오 팡과 그 미군 아미코도 아직 도착하지 않았답니다. 기다려 줍시다!" 드러나지 않는 요청이 마랴 불스키의 말 속에 숨어 있다.

Kuratov jese respondas per la kapo. Sinjorino Bogatireva havas proponon, kiun la gesinjoroj akceptas.

-Ni iru en la parkon -ŝi diras. -Sinjoro Lekko, atendu ĉe la pordo de la ĝardeno. Mi estas laca. Hodiaŭ mi laboris multe en mia hejmo. Nu, ĉu bone?

-Jes, jes! Ni iru en la parkon! Kiu deziras promenon, tiu promenu; kiu deziras sidon, tiu sidu sur la plej longa benko -kaj per tio fraŭlino Tkaĉeva prezentas la deziron de la gelernantoj.

쿠라토프는 머리를 끄덕이며 그러자고 한다. 보가티레바 여사는 모두에게 제안 하나를 한다.

"우린 공원 안으로 들어갑시다." 그녀가 말한다. "렉코 씨가 정원 출입문 앞에 기다리죠. 저는 피곤하답니다. 오늘 온종일 집안일 했거든요. 어떤가요?"

"예, 예! 공원 안으로 들어가지요! 산책할 분은 산책하시고, 앉아 쉴 분은 저기 벤치로 갑시다." 트카체바 양이 강습생들의 바람을 대신 말한다.

-Nu, bone! Mi kun sinjorino Bogatireva ne deziras promenon. Promenu la junaj homoj!

-Ah, sinjoro Kuratov, vi diras belan komplimenton al mi. Ĉu mi estas maljuna?

-Ho ne! Vi estas pli juna ol mi. Tio signifas: ankaŭ mi sentas min juna.

-Ĉu vi vere pensas tion?

-Nu, apud vi la plej maljuna homo havas junan koron.

-Dankon. Ĉu vi aŭdas, sinjoroj? Lernu belajn komplimentojn ĉe sinjoro Kuratov. Ĉu vi pensas la samon?

-Jes, jes, jes! -respondas la sinjoroj.

-Vere vi estas tre bonkoraj. Sed vi ne diris la veron.

-Kial? Kial ne la veron?

"자, 좋습니다! 저와 보가티레바 여사는 산책보다는 휴식을 하렵니다. 젊은 분들은 산책하세요."

"아이, 쿠라토프 씨. 아름다운 말로 제게 칭찬을 하시는군요. 그런데 제가 늙었나요?"

"아, 아닙니다. 저보다 젊지요. 이 말 속엔 나도 젊다는 걸 뜻하지요."

"정말 그리 생각하세요?"

"그럼요. 당신 옆의 이 나이 많은 사람도 마음은 젊다구요."

"고맙군요. 제 얘기 들었나요, 남자분들? 쿠라토프 씨가 하시는 칭찬하는 법을 배우세요. 여러분도 동감합니까?"

"그럼요. 물론 그렇고 말고요."

남자들은 이구동성 동의를 표한다.

"정말 여러분들은 마음씨가 곱군요. 하지만 진실은 밀하지 잃는군요."

"그건 무슨 말씀인가요? 왜 말 안 했나요?"

-Ĉar maljuna mi estas kaj nur la plej maljuna homo havas junan koron apud mi. La juna koro silentas kaj ĝi estas nur infana koro apud mi, ĉar mi havas patrinan senton. Kun patrina sento mi amas vin, jes, jes, mi amas vin, gesinjoroj. La tuta kurso havas mian simpation. Kaj ĉar hodiaŭ estas ruĝlitera tago en la kalendaro kaj ĉar mi faris mian hejmon pura, mi deziras vin al mia tablo.

-Ni dankas, sinjorino Bogatireva. Ni danke akceptas. Ho, bone, tre bone! -respondas la gesinjoroj.

-Hodiaŭ vi havas tre bonan humoron -diras

Kuratov.

-Ĉar mi estas amikino de la junaj koroj -kaj ŝi montras per la okuloj al la junaj knabinoj kaj sinjoroj.

-Ĉu vi estas ankaŭ tiu de mia maljuna koro?

-Ho, sinjoro Kuratov, vi ne havas bonan kapon. Antaŭ nelonge vi diris al mi, vi havas junan koron apud mi. Ne kredu al la komplimentoj de la sinjoroj!

"늙은 마음은 저랍니다. 제일 나이 많은 사람이 제 옆에 계시지만, 마음은 오히려 더 어려요. 이 어린 마음은 평화를 안고 있어요, 어린아이 같다고요. 왜냐하면, 저는 어머니 같은 마음을 지녔으니까요. 저는 여러분 모두를 모성애로 사랑합니다. 정말이라고요. 저는 여러분을 사랑합니다. 저는 강습회에 온 정성을 쏟아두고 있지요. 오늘이 달력엔 붉은 날이라, 집도 깨끗이 치워놓았지요. 그래서 여러분을 저희 식탁으로 초대하고 싶답니다.

"보가티레바 여사님, 고마워요, 그 초대에 기꺼이 응하겠어요. 좋아요. 아주 좋아요."

쿠라토프가 말한다,

"제가 마음이 젊은 사람의 친구이니까요."

그리고는 보가티레바 여사가 젊은 소녀들과 남자들에게 눈짓한다.

"마음이 늙은 사람의 친구도 되나요?"

"오, 쿠라토프 씨. 머리가 썩 좋지 않군요. 조금 전에 말했어요. 당신은 제 옆에서 마음이 젊다고 제게 말했어요. 신사분의 찬사는 믿을 게 못 되는군요."

En bona humoro la gelernantoj iras en la parkon. Ĉe la pordo restas nur Janis Lekko, la latvo-rusa soldato. Sed ne longe li staras sola. Venas la instruisto. Amika saluto.
-La gesinjoroj estas en la parko.
-Bone, ni iru!
-Jes, sed Iĉio Pang kaj Petro Koluŝ, la amerika soldato ...
-Ne atendu ilin! Mi estis ĉe nia malgranda poeto kaj ankaŭ nia amiko Koluŝ estas tie. Ili ne venas. La patro de Iĉio Pang estas malsana. La knabo restas ĉe la lito de la patro. Koluŝ iris en la militkaptitejon, ĉar tie ni havas bonan kuraciston, kiu parolas ankaŭ la esperantan lingvon.

수강생들은 가벼운 마음으로 공원 안으로 들어간다. 출입문엔 야니스 렉코만 남아 있다. 그는 라트비아 출신의 러시아 군인이다. 하지만 그가 혼자 기다리는 시간은 그리 길지 않다.

선생님은 곧 왔다. 우정어린 인사.

"다른 분들은 공원에 계십니다."

"자, 갑시다."

"예, 하지만 이치오 팡과 미군 페트로 콜루쉬는 아

직..."

"그들은 기다리지 않아도 됩니다! 오는 길에 제가 우리의 작은 시인이 사는 집에 잠시 들렀는데, 우리 아미코 콜루쉬도 그곳에 함께 있었어요. 그들은 오늘 오지 않습니다. 이치오 팡의 아버지가 편찮으십니다. 이치오 팡은 편찮으신 아버지 머리맡에서 간호해야 하거든요. 콜루쉬가 수용소로 되돌아갔답니다. 그곳엔 에스페란토어를 사용하는 훌륭한 의사 선생님이 한 분 계시거든요."

La instruisto kun la latvo iras en la parkon. Ili promenas al la direkto, de kie ili aŭdas la parolon de la maljuna Kuratov. La frazoj tuŝas la intereson de la instruisto. Li haltas sur la vojo, proksime al la paca societo. Ankaŭ Lekko haltas. Li komprenas: la instruisto donas tempon al la konversacio kaj li faras kontrolon pri la instruo en la praktiko.

그 라트비아 사람과 선생님은 공원으로 들어간다. 그들은 나이 많은 쿠라토프의 음성이 들리는 곳으로 간다. 쿠라토프의 말이 선생님에겐 흥미롭다. 선생님은 이 평화로운 모임에서 그리 멀지 않은 곳에 멈춘다. 렉코도 멈춘다.

렉코는 선생님이 그들을 위해 회화시간을 내어 주고 있다는 것을, 또 이러한 실제 회화 경험을 통해 가르친 것을 점검하고 있다는 것을 이해한다.

-Kial mi estas esperantisto? Kion mi respondu al vi, fraŭlino Marja Bulski? Vi diris, mi havas karan koloron. Ĝi estas la verda koloro. Vi tuŝis veran punkton. Nun, kiam ni sidas en paco ĉi tie, kiam mi vidas multajn junajn homojn, kiuj havas tiun senton al la verda koloro, kiun senton mi havas, mi pensas, mi ricevis belan donacon. Mi estas ne nur maljuna homo, sed ankaŭ malnova amiko de Esperanto. Vi demandis min, kial mi estas esperantisto? Nu, mi rakontas al vi veran historion ...

"내가 어떻게 에스페란티스토가 되었는가 하면? 마랴 불스키 양에게 말할 수 있는 말이란? 아가씨가 나더러 고결한 색깔을 지녔다고 말했지요. 그것은 바로 초록 색이랍니다. 아가씨 말이 맞아요. 지금 우리가 여기 이 렇게 평화롭게 앉아, 내가 지니는 초록색에 대한 감동 을 함께 느끼는 이 수많은 청년을 대할 때, 나는 아름 다운 선물을 받는 것 같아요. 나는 이미 늙은 사람이 지만, 한편으로는 에스페란토의 오랜 친구이기도 하지 요. 내가 어떻게 에스페란티스토가 되었는지 아가씨가 물었지요? 자, 이제 내가 여러분께 에스페란토를 배우 게 된 경위를 말해 주지요...

Mi ne estis malamiko de la lingvo, sed mi ne kredis pri ĝi. Mi estis juna, kiam mi aŭdis pri la lingvo internacia. En la alta lernejo mi havis amikon, kiu venis el Varsovio. Li rakontis pri knabo, kiu faris tian lingvon kaj li prezentis ĝin al la gimnaziaj amikoj. Infana ludo, mi pensis kaj mi diris tion al mia amiko. Li protestis. Ni malpacis. Mi diris: lingvo de unu homo ne estas lingvo, kiun la homoj akceptas. La temp iris kaj iris. Mi ne vidis longe mian amikon.

나는 이 언어를 미워하진 않았지만, 에스페란토를 믿지 않았어요. 내가 이 국제어에 대해 처음 들었을 때는 어릴 적이었지요. 내가 고등학교에 다닐 때 바르샤바에서 온 한 친구가 있었지요. 그 친구가 그 언어를 만들어, 그 언어를 동급생들에게 제안했던 그 소년에 대해 말해 주었지요. 내 생각엔, 그것이 어린애 장난 같은 짓이라고 내 친구에게 말하기조차 했답니다. 나는 개인이 만든 언어를 어떻게 수많은 사람이 받아들일 수 있겠는가 하는 의문이 들지요. 그러고는 세월이 많이 흘렀지요. 우리는 오랫동안 못 만났어요....

... En bela tago (mi jam estis oficiro, ne poŝtoficisto kaj mi havis du manojn kaj ne unu) mi vidis mian amikon sur la strato. Mi salutis lin. Li akceptis mian saluton. Ni haltis, konversaciis pri la vetero, pri la familio, pri la servo. Antaŭ ol li iris hejmen, li metis maldikan libron en mian manon. Kio ĝi estas? -- mi demandis. La lingvo internacia, pri kiu vi diris "infana ludo". Nu, la sama knabo faris ĝin kaj la homoj akceptis ĝin. Akceptu ankaŭ vi -- li diris kaj iris hejmen. Mi rigardis, legis kaj mi metis ĝin en la ŝrankon. ĝi ne interesis min. ... Mia amiko servis ne en mia regimento kaj denove mi longe ne vidis lin.

그런데 화창한 어느 날이었지요. (나는 당시 장교로 복무하고 있었고, 우체국 직원은 아니었지요. 그땐 두 손도 있었지요. 한 손이 아니라.)나는 길에서 우연히 그 친구를 만나게 되었지요. 나는 그에게, 그는 나에게 인사를 했지요. 우리는 그 사리에 멈춰 서서, 가족 근황과 군대 생활 이야기를 나누었답니다. 그는 헤어지기에 앞서 내게 얇은 책 한 권을 주더군요. 이것이 무슨 책인가 하고 내가 물었답니다. 자네가 이전에 '어린애 장난'이라고 말하던 그 국제어라고 하더군요. 그때 그 소년이 그 언어를 만들었고, 수많은 사람이 이 언어를 배우고 사용하고 있다며, 나더러 한 번 배워 볼 것을 권하면서, 그는 나와 작별했답니다. 나는 받은 책을 뒤적이며 읽어보다가 내 장롱 속에 넣어 두었지요. 그게 나에게는 별 흥미가 없었답니다. 내 친구는 내가 근무하던 연대에 소속되지 않아, 우리는 한동안 다시 못 만났지요.

Sed ... sed venis malfacila kaj malfeliĉa tempo. Estis milito inter la rusoj kaj japanoj. El eŭropa Ruslando mi iris al la malproksima Manĝurio.

Ankaŭ mia amiko. Apud mia regimento kuŝis lia regimento, Ni militis, militis. El tiu tempo mi havas multajn malbelajn bildojn en mia kapo, sed ankaŭ tiu tempo metis la verdan koloron en mian koron. ... Venis tago, kiam la japanoj faris el multaj freŝaj, junaj rusoj tre silentajn homojn, kiuj restis tie sub la tero. Tiujn malmultajn, kiuj restis, la malamiko portis al Japanlando. Mia amiko kaj mi estis inter tiuj malmultaj soldatoj. Li havis gravan malsanon kaj mi ... mi ... vi vidas, mi havas nur unu manon.

그런데... 그런데 엄청 힘들고 불행한 때가 닥쳐왔답니다. 러시아-일본 전쟁이 벌어졌지요. 나는 서유럽의 러시아 땅에 근무하다가 전쟁으로 이쪽, 먼 만주 근방으로 오게 되었답니다. 내 친구도 우리 연대의 이웃 연대에 배속되었답니다. 우리는 매일 전투를 했어요. 당시 나는 처참한 광경을 무수히 겪었지만, 한편으로 내가 마음속에 초록색을 받아들인 때이기도 합니다... 그 날, 일본군이 참신한 젊은 러시아 군인들을 셀 수도 없을 정도로 완전한 침묵의 인간으로 만들어버려, 그 군인들을 땅에 묻던 날이었어요. 당시 그 전장에서 살아남은, 얼마 안 되는 군인들이 일본에 포로로 끌려갔지요. 다행히 나도, 그 친구도 그 군인들 속에 들어 있었답니다. 그 친구는 중상을 입고, 나는 ....나는.... 보시다시피 손이 하나만 남게 되었지요

...Nu, tie, kiam ni havis la plej malfacilajn tagojn, japana kuracisto venis al ni. Li faris la kuracistan laboron ne malpli simpatie ĉe mi ol ĉe mia amiko, sed kiam lia rigardo tuŝis tiun malgrandan esperantan legolibron, kiun mia amiko portis el nia lando, li montris grandan intereson al li. De tago al tago, kiam li venis, li longe restis ĉe lia lito. Li parolis la germanan kaj la anglan lingvojn, ni parolis ne bone la francan lingvon. Nu, li ne komprenis nin kaj ni ne komprenis lin. Nur tion mi vidis, li ŝatas mian amikon pli ol min.

....당시 우리는 일본에서 가장 어려운, 견디기 힘든 나날을 보내고 있었답니다. 어느 날, 일본인 의사 한 분이 우리를 찾아왔답니다. 그 의사는 내 친구와 나를 차별해 치료하진 않았지만, 그 의사는 우리나라에서 내 친구가 언제나 갖고 다니던 에스페란토 학습서를 발견하고 난 뒤로는, 내 친구에 대한 그 의사의 관심이 갑자기 커지더군요. 그는 회진할 때마다 내 친구 병상에서 오래 머물다 가곤 했답니다. 그 의사는 독일말과 영어를 할 줄 알았지만, 우리는 겨우 프랑스말을 서툴게 할 정도였지요. 끝내, 그는 우리의 말을 알아듣지 못하고, 우리도 그가 한 말을 알아듣지 못했답니다. 난 그 의사가 내 친구를 더 좋아하는구나 하고 생각했지요.

... Kaj venis la tago, kiam la kuracisto kun tri civilaj japanoj haltis ĉe la lito de mia amiko. La plej maljuna, la patro de la kuracisto, amike rigardis kaj donis la manon al li: "Ĉu vi estas esperantisto?" -- li demandis kaj kiam mia amiko jese respondis, mi vidis tion, kio tuŝis mian koron. La tri japanoj amike salutis lin kaj montris tian simpation, kin ni malfeliĉaj militkaptitoj ne vidis ĝis nun ĉe la japanoj ...

...그 뒤, 어느 날, 그 의사는 일본인 민간인 세 사람을 모시고 내 친구 침대로 왔더군요. 그 세 분 중 가장 나이 많은 사람이 그 의사 선생님의 부친이었지요. 그 분은 다정한 눈길로 내 친구에게 손을 내밀더군요. "에스페란티스토이지요?" 그분이 묻자, 내 친구는 그렇다고 했답니다. 나는 그 순간, 나는 말이죠, 내 마음 속에 뭔가 뭉클함을 느꼈답니다. 3명의 그 민간인은 내 친구를 자신들의 친구가 되는 양, 서로 인사를 나누더군요. 그들은 우리같이 불쌍한 포로들에게 동정의 마음을 내비친, 지금까지 우리가 본 일본인과는 다른, 사람들이었답니다...

Nu, de tiu tago mia amiko havis pli bonan humoron ol antaŭe kaj mi vidis, tiu kuracisto kaj tiuj japanoj venis de tempo al tempo al li ĝis la tago, kiam li jam ne havis forton kaj la malvarma tuŝo de la Granda Mano fermis liajn okulojn. Tiam mi vidis, ankaŭ la malamiko havas koron, se la homaj sentoj parolas … De la kuracisto mi ricevis la malgrandan legolibron de mia amiko kaj liaj japanaj amikoj venis ankaŭ al mia lito. Mi rakontis al vi veran historion.

그런 일 뒤, 내 친구는 기분이 한결 나아졌답니다. 그 의사를 비롯한 일본인들이 수시로 그 친구를 찾아왔고, 내 친구가 이젠 힘을 잃어, 거대한 죽음의 손에 맡겨질 때까지 방문했답니다. 그때 나는 인간이 인간애로 서로 이야기하면 원수마저도 따뜻한 마음을 지니게 된다는 것을 알게 되었지요… 그 친구가 죽자, 그 의사는 내 친구가 지녔던 그 작은 학습서를 내게 전해주었지요. 이번에는 그 일본인 친구들이 내 침대로 찾아오더군요. 나는 여러분께 사실을 말했답니다.

Tial mi estas esperantisto, fraŭlino Marja Bulski. Tial mi havas belan donacon hodiaŭ, kiam venis tempo, en kiu ankaŭ mi havas tian homan senton, kian havis tiuj japanoj. Ho, Esperanto estas ne nur lingvo, sed idealo, kiu portas pacon al la koro kaj kulturon al la kapo. Vera espernatisto sentas, la patrolando estas patra hejmo, la nacia kulturo estas la gepatroj. Li file amas ilin. Sed la vera esperantisto sentas ankaŭ tion, la mondo estas patrolando de la tuta homa familio, la diversaj kulturoj estas la fratoj kaj li frate simpatias al ili.

그렇게 해서 저는 에스페란티스토가 되었답니다. 마랴 불스키 양. 그로 인해 나는 그 일본인 친구들이 가졌던 그 인간애를 배워, 오늘 내가 그리던 아름다운 선물을 받게 되었답니다. 아, 여러분, 에스페란토는 언어일 뿐만 아니라, 마음엔 평화를, 머리엔 문화를 가져다주는 우리의 이상이라고 할 수 있지요. 진정한 에스페란티스토에겐 조국은 아버지의 집이요, 민족문화는 부모라는 것을 느끼고 있답니다. 에스페란티스토는 자식된 도리로서 조국과 민족문화를 사랑해요. 하지만, 또한 진정한 에스페란티스토에겐 이런 점도 느끼고 있답니다. 세계는 온 인류 가족의 조국이며, 다양한 문화들은 서로 형제라는 것을, 사해 동포의 사랑으로 이 세계와 다양한 문화에 대한 애정을 에스페란티스토는 가지고 있습니다.

Tial mi estas esperantisto, ĉar mi sentas min homo kaj mi vidas homfraton en la homo, ĉu li apartenas al mia nacio aŭ al ne mia nacio. Sen bajonetoj, sen kanonoj la homoj estas fratoj; kun bajonetoj, kun kanonoj ili ne estas homoj. Ĉu vi komprenis la rakonton de via maljuna rusa frato?

그래서 나는 에스페란티스토가 되었어요. 나는 스스로 한 인간으로 느끼고, 우리 인간 형제가 같은 민족이든지, 다른 민족이든지 개의치 않고, 똑같은 인간으로 대합니다. 총과 칼이 없어야 인간은 서로 형제가됩니다. 총칼로는 우리 인간은 인간이 될 수 없습니다. 여러분, 이 늙은 러시아 형제가 하는 말을 이해합니까?"

La gesinjoroj silentas, sed en tiu silento ne estas protesto. En ĝi estas pensoriĉa harmonio. La militkaptitoj, kiuj nun havas ĉeĥan, rumanan, rusan uniformojn kaj civilan veston, sentas tre varman dankon al tiu unumana maljuna homo. Per tiu parolo li patramane tuŝis la korojn.

들고 있던 모든 사람은 말이 없지만, 그 침묵 속에 반박도 없었다. 오히려 이런 침묵은 뭔가 생각을 풍부하게 만드는 조화로움이 있다. 체코, 루마니아, 러시아의 군복이나, 민간인 복장의 포로들은 한 손만 있는 이 연로한 우체국 직원에게서 따뜻한 고마움을 느낀다. 그의 이야기는 어버이 같은 손길로 모두의 마음을 어루만진다.

La knabinoj kaj sinjorino Bogatireva mute rigardas al la blankaj haroj, belaj bluaj okuloj de la maljuna poŝtoficisto. Nun li estas tre bela, pli bela ol la fortaj, junaj sinjoroj en la elegantaj uniformoj.

Paŭlo Nadai, la instruisto, iras al sinjoro Kuratov kaj kore gratulas al li.

아가씨들과 보가티레바 여사는 늙은 우체국 직원의 하얀 머리카락과 아름답게 빛나는 푸른 눈을 말없이 바라본다. 지금 이분은 품위 있는 군복을 입은, 힘세고 젊은 남자들보다 더 멋있고 아름답게 보인다. 파울로 나다이 선생은 쿠라토프 씨에게 다가가 진심으로 고맙다고 한다.

-Sinjoro, vi faris pli belan, pli bonan lecionon ol mi faris en la tuta kurso. Ankaŭ mi dankas. Vian instruon mi metas en mian koron.

Sinjorino Bogatireva levas la manon kaj petas atenton.

-Aŭskultu, gesinjoroj, ĉar hodiaŭ sinjorino Bogatireva havas proponhumoron -- diras Kuratov.

-Mi ne havas novan proponon. Mi diras nur unu frazon; jam estas tempo! Vian parton el la leciono, sinjoro Nadai, vi faru en mia hejmo.

-Nu, kion mi diris? Nova propono.

-Silentu, vi ... vi ... maljuna juna koro.

-Mi dankas. Via komplimento diras la puran veron.

"쿠라토프 씨, 제가 여태껏 강습회에서 했던 것보다 더 아름답고 훌륭한 강의를 하셨습니다. 대단히 고맙습니다. 선생님의 가르침을 제 마음속에 꼭 간직하겠습니다."

오늘 보가티레바 여사가 손을 들며 시선을 요청한다.

"잠깐, 여러분. 오늘 보가티레바 여사께서 또 제안할 모양입니다." 쿠라토프가 말했다.

"새로운 제안은 아닙니다만, 한 말씀 드리자면, 이미 시간이 충분히 되었지요. 나다이 선생님, 오늘 강의는 제가 사는 집에서 하시죠."

"자, 보세요. 내가 뭐랬어요? 새 제안이지요."

"조용하세요. 쿠라토프 씨. 당신은… 당신은… 나이 많은 어린 마음."

"고맙군요. 그 말은 꼭 맞군요."

La tuta societo promenas al la pordo de la parko.

-Nu, diru, sinjoro Kuratov, ĉu vi ŝatas la fiŝon?

-demandas sekrete sinjorino Bogatireva.

-Nur en la akvo, sinjorino, nur en la akvo!

-Ĉu vi ŝatas la akvon?

-Kun vino, sinjorino, nur kun vino! Sed ĉu vi ne havas brandon?

-Ĉu kun akvo, sinjoro Kuratov?

-Ne! Ne! Mia maljuna juna koro ŝatas la brandon pura.

-Mi havas puran brandon, ĉar hodiaŭ vi parolis al mia koro. Tute al mia koro. Jes!

-Ĉu vi scias, kiam mi trinkas multan brandon, mi faras skandalon.

-Jes, en la songôo ... sed nur en la songôo, sinjoro Kuratov.

사람들은 이제 공원 출입구의 문으로 향한다.

"자, 말해 봐요, 쿠라토프씨, 생선은 좋아하세요?"

보가티레바 여사가 몰래 살짝 묻는다.

"물속에 있을 때만, 여사님. 물속에 있을 때만!"

"그러면 물은 좋아하세요?"

"술과 함께라면, 여사님. 술과 함께라면! 그런데 댁에는 브랜디 없소?"

"물과 함께요? 쿠라토프 씨."

"아뇨! 아뇨! 내가 늙었지만 어린 마음은 진짜배기 브랜디를 좋아합니다요."

"저는 진짜배기 브랜디를 드릴 수 있어요. 오늘 정말 감동적인 말씀을 하셨으니까요. 정말 저의 마음에 감동을 불러 일으켰다구요... 그럼요."

"내가 브랜디를 많이 마시면 유혹할 수 있다는 것 아시죠?"

"예. 꿈에...꿈에서 그러겠지요. 쿠라토프 씨."

Ĉapitro 5: Interesa tago 흥미로운 날

La tempo flugas. Multaj tagoj estas grizaj. Ili alportas nur tion, kion la antaŭa tago: maŝinan laboron. Sed estas tagoj, kiuj restas en la memoro de la homo. Tia tago estas hodiaŭ.
시간은 흘러간다. 많은 나날이 잿빛이다. 이는 앞으로의 나날이 따분할 일만 계속됨을 암시한다. 하지만 사람들의 기억 속에 남아 있는 날도 있다. 그런 날이 오늘이다.

La membroj de la malgranda esperanta kurso jam matene rapidas al la Popola Domo. Sinjorino Bogatireva prenis sur sin la plej belan veston. Sinjoro Kuratov havas nigran veston. Li bele kombis siajn blankajn harojn. La knabinoj longe rigardis sin en la spegulo: ĉu ili estas plaĉaj aŭ ne? Ankaŭ la uniformoj de la soldat-membroj montras sin novaj. Por tiu tago la instruisto ricevis belan veston de sia amiko. Iĉio Pang kun sia fratino Sunfloro en belaj naciaj kostumoj iras al la kunveno. Ĉu estas festotago? Ne! Por la aliaj homoj ne estas festo, sed por la malgranda kurso estas grava tago. Sur la pordo de la Popola Domo granda paperfolio kun dikaj literoj diras al la publiko:

"PROPAGANDA MATENO PRI ESPERANTO". Kie? En la tre granda teatro de la domo.

규모가 크지 않는 에스페란토 강습회 수강생들은 아침부터 시민회관으로 달려간다. 보가티레바 여사가 가장 아름다운 옷차림이다. 쿠라토프 씨는 검정 옷을 입고 있다. 그는 흰 머리카락을 단정하게 빗겨 내렸다. 아가씨들은 이 모양이 어울릴까, 아니면 저 모양이 어울릴까? 하며 자신의 거울 앞에서 오랫동안 서성인다. 군인들의 군복도 새롭다. 선생님은 오늘 이날을 위해 동료로부터 멋진 옷 한 벌을 빌렸다. 순플로로도 오빠인 이치오 팡과 함께 전통 복장으로 모임을 향해 가고 있다. 축제일인가? 아니다! 축제일은 아니지만 크지 않은 강습회 당사자들에겐 중요한 날이다. 시민회관 출입문에는 굵은 글씨로 쓰인 종이 안내문이 사람들에게 이렇게 알리고 있다. <<**에스페란토 보급의 아침**>> 어디서? 회관의 대강당에서.

Ĉu tiuj simplaj homoj, militkaptitoj, gimnaziaj lernantinoj, ĉina knabo havas kuraĝon al tio? Kiu helpis, ĉar sen helpo ili ne havas vorton en tia urba afero? Jes, estas, kiuj helpis kaj helpas en la laboro.

이 보통 사람들, 포로나 김나지움의 여학생들이나 중국 소년들은 이 모임을 개최할 용기가 났을까? 아무 도움을 받지 않고는 그들이 이런 시민 행사를 개최할 수 없는데, 누가 도움을 주었을까? 물론 이 행사를 도운 사람이 있다.

Antaŭ dekkvin tagoj fraŭlino Tkaĉeva kun sia parenco venis al la kurso. Li estas kolonelo kaj li havas gravan oficon ankaŭ ĉe la urbo. Li sidis kaj atente aŭskultis dum la tuta instruo. Li ne komprenas Esperanton, sed li aŭdis la demandojn de la instruisto, la respondojn kuraĝajn kaj longajn de la gelernantoj. Li vidis, ke ili ridas, havas bonan humoron kaj tre bone komprenas la parolon de la instruisto. La kolonelo estas inteligenta kaj moderna homo (en la paca tempo li estis gimnazia profesoro en Kiev). Li komprenis la signifon de Esperanto kaj la instruistan laboron.

약 15일 전에 트카체바 양이 친척 한 분을 모시고 그 강습회에 찾아왔다. 그 사람은 육군 대령으로 이 도시에서 주요 직책을 맡고 있다. 그는 이 강습에 참석하여, 당일 강의가 끝날 때까지 주의를 기울이며 듣고 있었다. 그는 에스페란토를 잘 이해하지 못하지만, 선생님이 질문하면 수강생들이 용기 있게 긴 문장으로 대답하는 것을 보았다. 그는 그들이 웃고 즐거운 마음으로 선생님의 말씀을 썩 잘 이해하는 것도 보았다. 그 대령은 지성인이고 현대인이었다. (그는 평시에는 키이우(키예프)의 김나지움 교수였다.) 그는 에스페란토의 의미와 이를 가르치는 선생님의 노고를 이해하게 되었다.

Kiam Paŭlo Nadai diris "Ĝis revido"-n al la gesinjoroj, la kolonelo gratulis al li. Li parols ruse, sed fraŭlino Tkaĉeva bone diris la signifon de liaj frazoj.

-Sinjoro, -li diris -mia juna parencino multe parolis pri Esperanto, pri via instruo. Mi venis ĉi tien kun pesimismo. Mi ne kredis al ŝiaj vortoj. Nun mi vidis vian grandan kaj belan laboron. Mi scias, ke vi faris utilan servon al ni. Nun mi havas optimistan penson pri via afero. Mi sentas min pli riĉa nun ol matene. Mi dankas al vi.

Ankaŭ Paŭlo Nadai dankis per simplaj koraj vortoj al la kolonelo, ke li vizitis la kurson kaj petis lin, ke li memoru pri la malgranda, tre malforta kurso kaj helpu ĝin.

La kolonelo parolis ankaŭ kun la gelernantoj. Li foriris kun sia parencino kaj kun sinjoro Kuratov, kiu tre interesis lin per sia persono.

파울로 나다이가 수강생들에게 "쥐스 레뷔도"라고 말하자, 대령은 선생님께 경의를 표했다. 그가 러시아말로 대화했지만, 그의 뜻이 트카체바 양에 의해 잘 전달되었다.

"선생님," 그 대령은 말했다. "나의 이 어린 친척이

에스페란토와 선생님의 가르침 이야기를 많이 해 주었답니다. 제가 여기에 올 때는 그리 큰 기대를 하지 않았습니다. 저는 이 아이가 하는 말을 믿지 않았답니다. 그러나 저는 지금 선생님께서 위대하고도 아름다운 사업을 진행하고 있음을 보게 됩니다. 선생님께서 우리를 위해 좋은 일을 하고 계신 것을 보게 되었습니다. 이제 저는 선생님이 하시는 일에 낙관적인 생각을 갖게 됩니다. 저는 오늘 아침보다 지금 마음이 한결 넓혀진 것 같습니다. 선생님에게 진심으로 고맙다는 말씀을 드리고자 합니다."

파울로 나다이도 그 대령에게 간단하먼서도 진심 어린 감사를 표시했다: 선생님은 강습회를 방문해 주셔서 고맙다며, 이 작고 보잘것없는 강습회를 기억해 주시고 도와주셨으면 하는 요청도 했다.

대령은 수강생들과도 대화를 나누었다. 그는 인품으로 보아 자신에게 호감이 가는 쿠라토프 씨와 트카체바 양과 함께 그 자리를 떠났다.

La kolonelo ne forgesis la malgrandan societon. Li multe parolis pri sia vizito, pri Esperanto, pri la laboro de la militkaptito, kiu faras utilan servon per sia instruo. Li parolis al siaj kolegoj, al la gravaj personoj en la urbo kaj tial hodiaŭ la malgranda kurso havas gravan tagon.
La granda ludejo de la teatro montras lernoĉambron kun benkoj, nigra tabulo, tablo

kaj multaj seĝoj. Sur la benkoj sidas la gelernantnoj. Sur la seĝoj sidas gravaj gesinjoroj de la urbo: la kolonelo, du gimnaziaj profesoroj, du sinjorinoj, la delegito de Universala Esperanto Asocio el Vladivostok, sinjoro Vonago, kiu portis kun si leteron de la militkaptitaj esperantistoj en Pervaja Rjeĉka. La letero havas la adreson de Paŭlo Nadai.

물론 그 대령은 그 강습회를 잊지 않았다. 그는 그 방문과 에스페란토, 강습으로 훌륭한 봉사 활동하는 포로들의 사업 이야기를 많이 했다. 그는 이 도시의 자신의 동료와 주요 인사들에게 잘 설명해, 이 작은 강습회가 오늘과 같은 중요한 날을 맞게 된 것이다.

대강당의 극장 무대에는 긴 의자 몇 개와 칠판, 탁자와 다수의 의자가 놓인 교실을 보여주고 있다. 긴 의자에는 수강생들이 앉아있다. 보나고 씨는 세계에스페란토협회5)의 블라디보스톡 지역 대표자로, 뻬르바야 르예츠카에 있는 전쟁포로이자 에스페란티스토들의 편지를 가져 왔다. 그 편지는 파울로 나다이 앞으로 발송된 것이다.

En la granda, tre bela rigardejo sidas la publiko: multaj oficiroj kun siaj edzinoj, gravaj urbaj personoj, multaj gesinjoroj, gimnaziaj geknaboj el la kvar gimnazioj de la urbo, multaj

---

5) *역주: 1905년 창립된 에스페란토 단체로, 본부는 네덜란드에 있음.

soldatoj. Ankaŭ ĉinoj kaj koreanoj estas, sed malmultaj.

La publiko atentas pri la parolo de la sinjoro kolonelo, kiu diras ruse (mi donas nur la enhavon de lia bela parolo), kial kaj por kio hodiaŭ venis la inteligentaj homoj al la teatro. Ne estas politika, sed estas kultura kunveno. Li petas la atenton de la publiko por tio, kion la instruisto kaj liaj gelernantoj montras sur la ludejo.

웅장하고 아름다운 청중석에는 일반 시민들이 참석해 있다. 부인을 동반한 수많은 장교, 이 도시의 주요 인사들, 일반인 다수, 시내 김나지움 4개 학교에서 참관하고 있는 학생들, 그 밖의 군인. 중국인들과 조선사람들도 보였다. 그러나 이들의 수효는 많지 않다.

참석자들은 육군 대령의 말에 귀를 기울인다. 그는 러시아말로 오늘 이 극장에 지성인들이 왜, 무엇 때문에 모였는지를 말하고 있다. (여기서 나는 그 대령이 한 아름다운 연설의 내용만 보여준다.)오늘 모임은 정치적 성격이 아닌 문화모임이다. 그는 선생님과 수강생들이 이 극장에서 보여주는 것에 대해 참석자들이 경청해 주기를 요청한다.

-Memoru, gesinjoroj, ke tiuj ĉi junaj homoj apartenas al ok diversaj nacioj. Antaŭ du monatoj ili ne komprenis unu la alian. Ne forgesu, ke ili nun estas en la tempo de la instruo! La instruo estas kvarmonata. Pensu pri tio, kiam la gelernantoj nun publike respondas al la demandoj de la instruisto. Tiuj junaj homoj montras al ni kulturan laboron, kiu utilas ne nur por ni, rusoj, sed por la tuta homa familio sur la tero. Aŭskultu ilin!

"여러분, 여기 이 강습회에 다니는 이 청년들은 8개의 서로 다른 민족 구성원으로 구성되어 있음을 유념해 주십시오. 두 달 전만 해도 이분들은 서로서로 이해하지 못했습니다. 이 과정은 넉 달 과정이라 이분들은 아직 배우는 과정에 있음을 잊지 말아 주십시오! 선생님은 질문하고, 학생들은 이 자리에서 공개적으로 그 질문에 대답하게 될 때, 그 점을 잊지 말아 주십시오. 이 젊은이들이 하는 사업은 러시아 사람뿐만 아니라, 지구상의 모든 인간 가족에게도 꼭 필요한 것임을 보여주고 있습니다. 자 이제 우리는 이분들의 이야기를 들어봅시다!"

La parolo de la kolonelo plaĉis al la publiko. Ankaŭ la instruo. La gelernantoj kuraĝe, bele respondas. Ili rakontas per simplaj frazoj pri la taga laboro, pri la lernejo, pri la familio, pri Esperanto. Iĉio Pang bone diras sian poemon kaj multaj homoj aŭdas, ke li jam bone elparolas la literon "r", kion lia amiko, Petro

Koluŝ instruis al li.

대령의 연설은 청중의 마음에 들었다. 그리고 수강생
들의 강습회 수강 시범도 마찬가지였다. 수강생들은
용기 있고 또 아름답게 대답을 해낸다. 그들은 간단한
문장으로 일상생활, 학교생활, 가족 사항과 에스페란토
이야기를 한다. 이치오 팡은 자신이 지은 시를 당당하
게 말하고, 아미코 페트로 콜루쉬가 잘 가르친 덕분에
로(R)가 들어간 문자를 이제는 그도 썩 잘 발음해내는
것을 수많은 사람이 듣고 있다.

Sunfloro sidas inter la gesinjoroj en la
rigardejo. Ŝi havas grandan koran varmon al
sia frato, kiam la publiko,montras sian plaĉon.
Sed kiam la granda, forta "Amiko" parolas, ŝi
fermas siajn belajn okulojn. Ŝia koro batas tre
kaj ŝia vizaĝo estas blanka, kiel la blanka lilio.
Nur kiam ŝi aŭdas la plaĉon de la publiko, nur
tiam ŝi malfermas siajn noktonigrajn okulojn kaj
en ŝia rigardo estas feliĉa rido.

순플로로도 청중석에 앉아있다. 그녀는 청중이 만족
해하자, 오빠에 대한 따뜻한 마음을 갖게 된다. 하지만
키 크고 힘센 <아미코>가 말을 할 땐 순플로로는 아예
눈을 감아 버린다. 그녀 심장은 콩콩거리고, 얼굴은 백
합처럼 하얗게 된다. 이제 참석자들이 칭찬하자, 순플
로로는 비로소 밤처럼 까만 눈을 뜨고 안도감 어린 미
소로 그 아미코를 바라본다.

Ankaŭ sinjorino Bogatireva bone montras sian scion. Al la publiko tre plaĉas la kuraĝa maljuna lernantino. Ernst Mayer, la germano, sed rusa soldato, fraŭlinoj Eŭgenia Tkaĉeva, Valja Smirnova, la rusaj gimnaziaj lernantinoj, Pavel Budinka, la ĉeĥa, Adrian Berariu, larumana soldatoj bone laboras. Nur la plej malgranda Ivan Averkiev ne havas grandan kuraĝon, sed li estas tre juna, tre bela knabo kaj la publiko pardonas kaj komprenas lin. Sinjoro Kuratov ne estas lernanto. Li nur sidas en la benko.

보가티레바 여사도 자신이 알고 있는 것을 잘 해냈다. 참석자들은 특히 용기 있고 나이 많은 이 보가티레바 여사에게 흡족함을 보여주었다. 독일사람이지만 러시아 군인인 에른스트 마이어, 러시아 김나지움 학생들인 에우게니아 트카체바 양과 발랴 스미르노바 양. 체코 사람인 피벨 부딘카, 루마니아 군인인 아드리안 베라리우도 훌륭히 보여주었다. 가장 키가 작은 이반 아베르 키예프는 나이가 어리고 용기가 없어 서툴게 말했지만, 아주 잘 생긴 소년이라 참석자들은 그만하면 충분하다며 이해해 주었다. 쿠라토프 씨는 수강생이 아니다. 그는 벤치에 앉아있을 뿐이다.

La plej grandan plaĉon de la publiko havas Marja Bulski. Per siaj ĉarmo, bela elparolo, longaj kaj interesaj respondoj, per sia rakonto pri la ama letero, kiun la patrino legas ne per la samaj vortoj kiel la filino, ŝi almilitas la simpation de la publiko. Sinjoro Vonago, la delegito de Universala Esperanto Asocio, tre kore gratulas al ŝi antaŭ la publiko. Marja Bulski estas tre, tre feliĉa. Ŝi danke rigardas al sia instruisto kaj ruse diras al la publiko, ke tiun bonan laboron de la gelernantoj faris Paŭlo Nadai. La publiko montras sian komprenon ankaŭ al li.

청중들의 가장 큰 갈채는 마랴 불스키에게 돌아간다. 그녀의 미모, 아름다운 발음, 길고 흥미 있는 대답들과, 연애 편지를 어머니와 딸이 서로 다른 뜻으로 읽은 것에 대한 그녀의 이야기로 그녀는 대중의 공감을 가장 크게 불러일으킨다. 세계에스페란토협회 지역 대표인 보나고 씨가 대중 앞에서 그녀에게 진심으로 축하한다. 마랴 불스키는 매우, 매우 행복해한다. 그녀는 나다이 선생님을 쳐다보며 오늘 강습생들을 잘 가르쳐 온 분이 바로 파울로 나다이 라고 감사의 말을 러시아어로 대중에게 말한다. 대중은 그 선생님에게도 역시 이해를 보여준다.

Sinjoro Kuratov parolas pri la instruisto, pri la kurso, pri la harmonio, kiu estas inter la diversnaciaj gelernantoj, pri sia amo al

Esperanto. Li parolas ruse kaj li havas la tutan atenton de la publiko.

Nun sinjoro Vonago levas sin de la seĝo. Li faras longan propagandan parolon pri la lingvo, pri ĝia historio. Li parolas ankaŭ pri la Vladivostok-a Esperanto-Societo, kiun nuntempe vizitas cent kaj cent esperantistoj, kiuj apartenas al dekkvin diversaj nacioj. Li deziras multajn gelernantojn al la nova kurso, kaj li dankas al la publiko, ke ĝi montris simpatian komprenon.

쿠라토프 씨는 그 선생님의 강습, 다양한 만족으로 구성된 수강생들의 화합, 에스페란토에 대한 옹호 등을 이야기한다. 그는 러시아어로 이야기하고, 대중의 온 시선이 집중된다.

이제 보나고 씨가 자리에서 일어난다. 그는 오랫동안 에스페란토와 이 언어의 역사와 유용성을 소개하는 연설을 한다. 그는 블라디보스톡 에스페란토 협회를 알리는 연설을 한다. 요즈음 15개의 민족으로 이루어진 수백 명의 에스페란티스토가 블라디보스톡을 방문한다고 한다. 그는 새 강습에 수많은 사람이 참가하기를 권유하며, 이 행사에 공감해 주고 이해를 보내준 청중들에 고마움을 나타낸다.

La publiko iras hejmen, sed multaj el ĝi donas sian adreson ĉe la pordo al gesinjoroj

Bogatireva kaj Kuratov.

Kiam la instruisto kaj la gelernantoj estas solaj, ili gratulas unu al alia. Ho, vere estas bela tago! De nun ili ŝatas Esperanton pli ol ĝis nun.

일반인들은 이제 집으로 향하지만, 출입문 앞에서 수많은 사람이 자신의 주소를 보가티레바 여사와 쿠라토프 씨에게 적어준다. 선생님과 수강생들만 남게 되자, 그들은 서로에게 축하한다. 아, 정말 아름다운 날이구나! 이제부터 이들은 이전보다 더 에스페란토를 좋아하게 된다.

-Karaj geamikoj -diras Nadai kaj liaj vortoj havas koran muzikon -mi dankas al vi tion, ke vi tiel bone, tiel bele faris vian malfacilan laboron. Tio signifas multon por Esperanto en via urbo. Sed nun aŭskultu! Mi ricevis leteron de mia amiko el Pervaja Rjeĉka. Ankaŭ li estas esperantisto kaj en sian leteron li metis parton, kiu interesas ankaŭ vin.

-Ni aŭdu, ni aŭdu!

"사랑하는 동료 여러분,"

나다이의 음성은 정말 아름다운 음률을 가지고 있다.

"여러분의 수고로 이 어려운 행사를 아름답게 끝마치게 되어 고맙습니다. 이것은 여러분 도시의 에스페란토 보급에 많은 도움이 될 것입니다. 그러나 지금 들어보십시오! 저는 뻬르바야 르예츠카에 있는 친구에게

서 편지 한 통을 받았습니다. 그 친구도 에스페란티스토입니다. 이 편지 속에는 여러분들이 관심을 가질 부분도 들어 있습니다."

"우리 들어보십시다. 어서 읽어보세요!"

-Li skribas: "Kara amiko, kun frata amo mi salutas vin. Longe mi silentas, ĉar mi ne hvais tempon. Mes, mi diras, la veron. En tiu ĉi militkaptitejo estas malgranda teatro. Ne tia granda, kia estis nia teatro en Berezovka. Tiun ĉi teatron faris ni, la militkaptitoj. La japanaj oficiroj, la japana kolonelo, kiu estas la plej grava persono en tiu ĉi militkaptitejo donacis al ni diversajn objektojn. Vi komprenas, ke nun mi havas laboron.

"그는 이렇게 썼습니다.

-사랑하는 친구에게.

형제애로 나는 자네에게 인사하네. 오랫동안 내가 연락 못 한 것은 시간이 허락하지 않아서네. 사실이라네. 이곳 포로수용소에는 작은 극단이 있네. 베레조프까에 있었을 때의 우리 극단처럼 그렇게 큰 것은 아닐세. 이 극단을 우리 포로들이 만들었다네. 일본군 장교 중에 이 수용소에서 가장 중요한 인사인 어떤 대령이 우리에게 여러 가지 물품들을 선물로 주었다네. 지금 그 일로 내가 바쁘다는 것을 이해해 주게.

Vi scias, ke ne delonge mi loĝas en tiu ĉi militkaptitejo. Nun mi estas ĉi tie ne kun mia nomo, sed kun nomo de tiu militkaptito, kiu sekrete foriris al laboro. Sed vi skribu al mia vera nomo. Ankaŭ la poŝtisto estas nia homo: militkaptito. La japanoj estas riĉaj; ili donas manĝaĵojn diversajn, ili donas al ni homan vinon, nur ne liberon. La rusoj estas malriĉaj nun kaj ili donas nur liberon kun multaj politikaj malfacilaĵoj. Tial mi venis sekrete ĉi tien.

내가 이곳 수용소에 살게 된 것은 얼마 되지 않았음을 자네는 알지. 지금 여기서 나는 진짜 이름이 아니라 사업 때문에 비밀리에 떠난 포로의 이름으로 살고 있네. 그러나 자네가 편지할 때는 내 본명으로 해 주게. 우체부도 우리와 같은 전쟁포로라네. 일본사람들은 부유해 우리에게 여러 가지 음식을 보내주기도 하고, 마실 술도 주지만, 자유만은 허락하지 않네. 지금 러시아 사람들은 가난하고, 그들은 정치적으로 많은 어려움을 당하고 있지만, 그래도 이 사람들은 자유를 누리고 있지. 그 때문에 나는 비밀리에 여기까지 왔다네.

La japanoj estas gastamaj. Vi venu ne sekrete, kiam plaĉas al vi. Vi petu eniran paperaĵon ĉe la pordo. Kaj venu ne sola, sed kun viaj gelernantoj! Ĉi tie en nia militkaptitejo estas

"Esperantista Kafejo", kie tre multaj bonaj esperantistoj kunvenas kaj ili faras interesajn konversaciojn pri diversaj aferoj. Nu venu, amiko kun viaj gelernantoj! Mi, kiel aktoro, havas multajn bonajn amikojn inter niaj japanaj oficiroj kaj ankaŭ kiel esperantisto mi havas tre bonkoran japanan kapitanon, kiu helpas al mi kaj al la militkaptitoj esperantistaj.

일본인들은 손님들에게 친절한 사람들이라네. 자네가 적절한 시간을 내어 공개적으로 방문해도 된다네. 수용소 정문에서 출입증을 요구하게. 만약 올 때는 혼자 오지 말고, 자네가 가르치는 사람들과 함께 와 주게! 우리 수용소가 있는 이곳은 에스페란티스토들이 많이 수용되어, 여러 가지 일과 흥미로운 대화를 나눌 수 있는 <에스페란토 까페>를 만들어 놓았다네.

꼭 자네의 수강생들과 함께 다녀가게! 나는 연극배우라서 일본군 장교 중 좋은 친구들을 많이 알고 있네. 그리고 나는 에스페란티스토이자 아주 마음씨 좋은 일본해군 대령 한 사람도 알고 있다네.

그는 나를 비롯한 에스페란티스토인 포로들에게 도움을 주고 있네.

Amike kaj frate salutas vin via: Miĥaelo Ŝaroŝi."
Nu, kion vi pensas pri tio, geamikoj? ĉu ni iru aŭ ni restu?

사랑과 우정으로 인사하네.

잘 있게.
미카엘로 샤로쉬 로부터

"자, 친구 여러분, 이 문제에 대해 어떤 생각을 가지고
있나요? 우리가 한번 가 볼까요, 아니면 역이 머물까
요?"

Al la gesinjoroj plaĉas la letero, la propono.

-Jes, ni iru! Ne estas tre longa distanco inter
Nikolsk kaj Vladivostok Ni estu kuraĝaj! Kiam ni
iru?

-Mi ne scias. Mi proponas, ke ni pensu pri la
afero kaj dum la kunvenoj ni diru la jes aŭ ne.
Ĉu bone? -diras sinjorino Bogatireva.

-Vi havas denove proponan humoron -kun rido
diras la maljuna poŝtoficisto.

Ankaŭ la aliaj ridas. En vere bona humoro ili
iras el la Popola Domo al la diversaj direktoj.

모인 사람들은 그 편지의 제안에 마음이 끌린다.

"예, 우리 한번 가 봅시다! 니꼴스크에서 블라디보스
톡까지 그리 먼 거리는 아니니까요. 우리 용기를 한
번 내어 봐요. 언제 가는 것이 좋을까요?"

"저는 모르겠어요. 우리는 그 일을 좀 더 생각해 보
고, 강습 기간에 갈지 어쩔지를 결정하자는 제안을 하
고 싶네요. 좋습니까?"

보가티레바 여사가 말한다.

"당신은 다시 한번 제안하시는군요."

늙은 우체국 직원이 웃으며 말한다.

다른 사람들은 웃는다. 정말 좋은 기분으로 그들은 시민회관을 나와 각자의 행선지로 간다.

Marja Bulski kaj Paŭlo Nadai havas la saman direkton. Ankaŭ Iĉio Pang kaj lia fratino iras kun ili ĝis la strato, kie estas la ĉina kvartalo de la urbo.

-Sinjoro instruisto, se plaĉas al vi, mi invitas vin al la ĉina teatro. Hodiaŭ vespere venu al mi. Nia teatro estas tre interesa ankaŭ por vi, ĉar ĝi ne estas tia, kia estas la via.

-Bone! Sed ĉu via patro jam estas pli sana ol antaŭ tagoj?

-Ne! La kuracisto diras, ke lia malsano venas de lia maljuna koro. Li donis medikamenton al li, sed ĝi ne helpas multon.

-Kaj vi, fraŭlino Sunfloro, ĉu vi jam ne estas malamikino de nia lingvo?

마랴 불스키와 파울로 나다이는 같은 방향으로 가고 있다. 그들과 함께 이치오 팡과 그의 누이도 시내의 중국인들이 사는 거리까지 같이 가고 있다.

"선생님, 마음에 든다면 제가 선생님을 중국인이 운영하는 극장으로 초대하고자 합니다. 오늘 저녁 저희 집에 오십시오. 우리 극장은 매우 흥미로울 겁니다. 왜냐하면, 그것은 선생님의 것들과는 다르기 때문이지요."

"좋아요! 그런데, 아버지 건강은 어때요? 좀 나아졌나
요?"

"아뇨! 의사 선생님의 말씀에 따르면, 아버지의 병은
연로하여 심장이 나빠졌기 때문이라고 합니다. 의사
선생님이 아버지에게 약을 주셨지만, 큰 도움은 되지
않았어요."

"그리고 순플로로 양, 이제는 더 이상 우리 언어를 싫
어하지 않지요?"

Sunfloro ne respondas. El la tuta frazo ŝi
komprenis nur sian nomon. Ŝi rigardas al sia
frato. Iĉio Pang helpas al ŝi. Ŝi fermas siajn
okulojn, nelonge pensas pri la demando,
malfermas la okulojn kaj tre ĉarme respondas.

-Sunflolo... amas Espelanto... bona Espelanto...
bona amiko Sunflolo... jes... jes!

La instruisto faras grandajn okulojn. Iĉio Pang
ridas.

-Mi diris al ŝi, ke ŝi estas sur la vojo al
Esperanto, sed ŝi neis. Nun ŝi jesas. Kiam nia
Amiko estas ĉe mi kaj ni konversacias, ŝi
atente aŭskultas, demandas la vortojn, kiuj
restis en ŝia kapo. Tia estas mia fratino.

-Lernu la lingvon, Sunfloro -- diras Nadai. Ŝi
komprenas la frazon sen la helpo de la frato. Ŝi

faras la samajn fermon kaj malfermon de la okuloj.

순플로로는 대답이 없다. 선생님 말 중에서 그녀가 아는 말이라곤 자신의 이름뿐이다. 그녀는 제 오빠를 쳐다본다. 이치오 팡이 누이를 도와준다. 그녀는 눈을 잠깐 감고는, 그 질문에 대해 생각해 보고는 다시 눈을 떠, 아주 귀엽게 대답한다.

"순플롤로...에스펠란토 사랑한다...좋은 에스펠란토.. 좋은 친구 순플롤로...예..예!"

선생은 눈이 휘둥그레진다. 이치오 팡은 웃는다.

"누이에게 <넌 지금 에스페란토를 배우고 있어>라고 말했더니 아니라고 했거든요. 오늘 시인하는군요. 우리의 아미코가 제집에서 대화하고 있을 때, 동생이 주의 깊게 듣고서, 염두에 두었던 낱말들이 무슨 말인지 물어 본답니다. 제 누이는 그런 사람이에요."

"에스페란토를 잘 배우세요. 순플로로." 나다이가 말한다. 그녀는 오빠의 도움 없이도 그 문장을 이해한다. 그녀는 좀 전처럼 다시 눈을 잠시 감았다 떤다.

-Ne!... Mi... Sunflolo... ĉinino -kaj ŝi montras al si.

-Sed vi estas moderna ĉinino kiel via frato estas moderna ĉino. Ankaŭ viaj piedoj montras tion. Viaj gepatroj ne malgrandigis perforte ilin tiel, kiel tiujn de multaj ĉininoj. Vi havas modernan kapon, modernajn piedojn.

El la longaj frazoj Sunfloro komprenis nur du vortojn: "moderna ĉinino" kaj ŝi komprenis la montron per la mano al siaj piedoj. Ŝi pripensas kaj respondas.

-Sunflolo modelna ĉinino -kaj ŝi montras al siaj piedoj -Sunflolo nemodelna ĉinino -kaj ŝi montras al sia koro.

"아뇨! ...나....순플롤로...중국여자." 그리고 그녀는 자신을 가리킨다.

"그러나 당신은 현대 중국 여성입니다. 그것은 오빠가 현대 중국사람인 것과 같아요. 당신의 발도 그것을 보여 주고 있어요. 중국의 수많은 부모가 자기네 딸의 발을 억지로 작게 만들었지만, 당신 부모님은 그렇게 하지 않았어요. 당신은 현대적인 생각과 현대적인 모습을 하고 있어요."

그 긴 문장에서 순플로로가 이해할 수 있는 말은 두 어절뿐이다: '현대 중국여자.'

그리고 그녀는 선생님 손으로 자기 발을 가리키는 점도 이해했다.

그녀는 깊이 생각에 잠긴 뒤, 제 발을 가리키며 대답한다.

"순플롤로, 현대 중국 여자입니다.'

그리고 자신의 심장을 가리키며 말했다. "순플롤로 전(前)근대 중국 여자입니다."

Ŝi estas tiel ĉarma, tiel infana, ke Marja Bulski

ĉirkaŭprenas kaj kisas ŝin. Nadai kaj Iĉio Pang ridas, sed ne longe.

Tiu kiso de Marja Bulski, de blanka knabino al ĉina knabino sur la strato de tia urbo, kie la ĉinoj ofte sentas, ke la blankaj homoj malŝatas ilin, estis tre kortuŝa kaj tute ne ordinara. Sunfloro kun blanka vizaĝo kaj kun nekomprena rigardo staras, staras kaj ŝi ne forprenas sian rigardon de Marja. Iĉio Pang bone komprenas sian fratinon.

−Ĉu mi faris malbonon al vi, Sunfloro? − demandas Marja. −Mi montris al vi, ke vi plaĉas al mi, ke mi amas vin. Pardonu, Sunfloro!

Sunfloro nur staras, senvorte rigardas ŝin. Marja Bulski havas ploran humoron.

−Nu, Iĉio Pang, diru al ŝi, ke mi kisis ŝin, ĉar ŝi estas mia malgranda ĉina fratino. Ĉu la blankaj knabinoj kaj ĉinaj knabinoj ne estas egalaj?

그녀는 아주 귀엽고, 어린아이 같아, 마랴 불스키가 그녀를 껴안고 볼을 비빈다. 나다이와 이치오 팡은 웃는다. 그러나 웃음이 오래 가진 못한다. 중국인들은 백인들이 자신들을 싫어한다고 자주 느끼는 곳인, 그런 거리의 한가운데서 백인 소녀가 중국 소녀에게 한, 마랴 불스키의 입맞춤은 아주 감동적이고, 아주 특별했다. 얼굴이 백지장이 된 순플로로는 이해가 되지 않는다는 듯이 바라보며 서 있다. 그녀는 가만히 서서 마랴를 향한 눈길을 거두지 않는다. 이치오팡은 제 누이를 잘 안다.

"제가 잘못했나요, 순플로로?" 마랴가 묻는다. "당신이 내 마음에 들고, 당신을 좋아한다는 것을 내가 나타내 보인 것이에요. 용서해 줘요. 순플로로!"

순플로로는 선 채, 말없이 마랴를 쳐다본다. 마랴 불스키가 울고 싶은 기분이 들었다.

"저, 이치오 팡, 누이에게 누이가 나의 작은 중국 자매이기에 내가 입맞추었다고 말해 주오. 백인 소녀와 중국인 소녀는 서로 같지 않나요?"

Dum Iĉio Pang parolas al sia fratino, ŝi senvorte aŭskultas, sed ŝia rigardo restas sur la rozoruĝa vizaĝo de Marja Bulski.

-Nu, Sunfloro, ĉu mi ne estas via pola fratino kaj ĉu vi ne estas mia ĉina fratino?

En la belaj nigraj okuloj de Sunfloro nun estas du malgrandaj larmoj. Ili ekiras sur ŝia blanka vizaĝo, kiam ŝi jesas per la kapo.

-Jes... flatino... Sunflolo flatino... Amiko, Iĉio Pang, Flatino, bona Espelanto -- kaj ŝi salutas en ĉina etiketo Marjan Bulski, la instruiston kaj ŝi foriras al la direkto de la patra domo.

-Ĉu mi faris malbonon al ŝi? Diru, Iĉio Pang!

-Tute ne! Vi nur tuŝis ŝian koron kaj en tiu

koro nun estas tia sento, kiu ne havas lingvon. Per via sola kiso vi faris el ŝi komprenohavan fratinon por mi.

이치오 팡이 제 누이에게 말을 해 주었을 때, 누이는 말 없이 듣고 있지만, 눈길은 장미처럼 붉은 마랴 불스키의 얼굴에 여전히 남아 있다.

"자, 순플로로, 내가 당신의 폴란드인 자매가 아닌가요? 그리고 당신은 나의 중국인 자매가 아닌가요?"

순플로로의 아름다운 검은 눈동자엔 눈물이 고인다. 이 눈물은 백지장이 된 그녀의 얼굴에 흘러내린다. 그녀가 머리를 끄덕여 그렇다고 한다.

"예... 자매... 순플롤로 자매... 친구, 이치오팡, 자매, 좋은 에스펠란토." 그리고 그녀는 중국식 예절로 마랴 불스키와 선생님께 인사하고는 아버지가 계신 곳으로 서둘러 가버린다.

"제가 누이에게 잘못하나요? 이치오 팡, 말해 봐요!"

"아닙니다! 당신이 누이를 감탄하게 했어요. 그리고 말로 설명할 수 없는 감정을 갖게 해 주었답니다. 당신의 한 번의 입맞춤으로 저와 제 누이의 마음을 이해하게 만들어 주었으니까요."

-Sed ŝi foriris kaj mi pensas, ke...
-Jes, ŝi foriris... Ĉu vi konas tiun japanan floron, kiun ankaŭ multaj el la rusoj havas en tiu ĉi urbo? Ĝi havas delikatajn foliojn. Kiam vi tuŝas ilin, la folioj klinas sin kaj restas tiel dum

longa momento. Nu, tia floro estas ankaŭ mia fratino en sia koro.

"그런데, 누이는 그냥 가버린 걸 보면, 네가 잘못해서…"

"예, 누이는 떠났어요…하지만 당신은 이 도시의 수많은 러시아 사람들이 키우고 있는 일본에서 자생하는 식물을 압니까? 그 식물은 섬세한 잎을 가지고 있답니다. 그 잎을 건드리면 그 잎들은 자신을 움츠리고는, 한동안 그런 상태로 있습니다. 바로 그런 식물이 제 누이의 마음속에도 있습니다."

Ĉapitro 6: Intima vespero 친밀한 저녁

Paŭlo Nadai sidas ĉe la tablo. Lia rigardo flugas de objekto al objekto en la pura ĉambro de rusa hejmo. Kun intereso ĝi haltas ĉe la granda ĝisplafona forno. Ĝi estas tiel dika, ke nur du homoj povas ĉirkaŭpreni ĝin. Lia rigardo haltas ĉe la sanktaj bildoj sur la muro. Malnovaj ili estas. La jaroj lasis sian signon sur ili ... La muroj estas blankaj. Neniu pensas pri tio, ke la tuta domo estas ligna domo. Nur la bruna plafono montras tion. ... Ho, kiel simplaj, sed fortaj estas la mebloj! Tiuj seĝoj havas forton por cent jaroj kaj tiu ĉi tablo montras, ke la laboristo, kiu faris ĝin, pensis pri jarcenta servo. Ĉio en la ĉambro estas kortuŝe simpla kaj parolas pri la honesta malriĉeco de la familio.

파울로 나다이는 탁자 앞에 앉아있다. 그는 러시아가 정의 깨끗한 방 안에 놓인 이 물건 저 물건으로 눈길을 옮긴다. 그의 호기심 가득한 눈길은 천장까지 뻗은 큰 난로에 잠시 머문다. 이 난로는 두 사람이 꼭 안을 수 있을 정도의 두꺼운 것이다. 그의 눈길은 벽에 걸린 성화(聖畵)들에도 잠시 머문다. 이 그림들은 오래된 것이다. 그림 위에는 몇 해가 흘렀음을 보여주는 흔적이 있다. 벽면은 하얗다. 집 전체를 나무로 만들었다고는 아무도 생각하지 않는다. 단지 갈색으로 된 천장만 보여준다... 아, 가구들은 이렇게도 수수하면서도 튼튼한가. 저 의자들은 수백 년 동안 사용해도 되는 힘이 있고, 탁자는 만든 사람이 일생의 작품으로 여기고 작업했음을 말해 준다. 방 안의 모든 것이 감동을 줄 정도로 검소하고, 이 가정의 숨김없는 가난에 대해서 말하고 있다.

Sur la tablo estas blanka tuko. Hejma laboraĵo. Malgrandaj teleroj. Sur ĉiu estas simpla glaso kaj kulereto. Sur pli granda telero kuŝas bruna rusa pano. La mastrino faris ĝin. Maldekstre de la mastrina loko sur la tablo staras la plej luksa objekto de la rusa hejmo: la samovaro. Ĝi estas la simbolo de la familia vivo. Ĝia muziko intimigas la kuneston dum la longaj vesperoj, kiam la tuta familio sidas ĉirkaŭ la tablo kaj parolas pri la tago, aŭ silente sonĝas pri pli bona tempo. Kiu ne konas la rusan samovaron, tiu ne povas scii, kion ĝi signifas en la familia vivo de la rusoj. La samovaro estas poezia objekto, eĉ poezio. Nun ĝi staras jam sur la tablo, zume muzikas kaj atendas la mastrinajn manojn.

탁자엔 하얀 보가 깔려있다. 집 안에 쓰는 물건. 작은 접시들. 이 모든 접시에는 수수한 유리컵과 작은 숟갈

이 놓여 있다. 좀 더 큰 접시에는 갈색 러시아 빵이 놓여 있다. 안주인이 이를 만들었구나. 탁자 위쪽의 안주인 자리에서 왼편엔 러시아가정에서 가장 값비싼 물건이 놓여 있다. 사모바르다. 이것은 가정생활의 상징이다. 온 가족이 기나긴 저녁 내내 사모바르의 아름다운 소리를 들으면서 친해진다. 탁자 주위에 앉아 하루 일을 이야기하고, 좀 더 나은 미래를 조용히 꿈꾸고 있을 때 말이다. 러시아 사모바르는 시의 감흥을 불러일으키는 대상이자 시 그 자체라고 할 수 있다. 지금 사모바르는 이미 탁자 위에 놓여 웅-웅-거리며, 음악소리를 내며, 안주인의 손길을 기다리고 있다.

Ankaŭ Paŭlo Nadai atendas la mastrinon, tiun mastrineton, kiu invitis lin al la senluksa tablo de sia hejmo. La rigardo de Nadai haltas ĉe la pordo kaj ĝi restas tie ĝis la enveno de Marja Bulski.

Marja havas sur si festotagon gimnazian uniformon. Ŝi pardonpete ridetas al sia gasto. La gasto sen pardonpeto pardonas. Li pensas: tia estas tiu ĉi knabino, kia estas la maja sunrido, kiam la juna koro kantas himnon al la Sinjoro de la alta ĉielo.

파울로 나다이도 안주인을 기다리고 있다. 안주인이 자기 집의 보잘것없는 식탁으로 그를 초대했다. 나다이는 출입문에 눈길을 잠시 머문다. 마랴 불스키가 들어 올 때까지 그 눈길을 거두지 않는다.

마랴는 축제일의 김나지움 학생복을 입고 있다. 마랴는 용서를 구하듯이 손님에게 살짝 웃음을 짓는다. 나다이도 마주 보며 웃는다. 그는 이 아가씨가 오월의 햇살 같다는 생각이 든다. 어린이가 저 높은 곳에 계시는 하나님께 찬가를 부를 때의 모습처럼.

-Ĉu mi longe atendigis vin?

-Ne! Estis bone resti sola en via hejmo.

-Ho, ĝi estas tre malriĉa, tute ne luksa. Mia patro estas simpla laboristo.

-Mi ne vidis lin. Ĉu li ne estas hejme?

"오래 기다리게 했지요?"

"아뇨! 이 집이 조용하니, 쉬는 것도 좋은걸요."

"저어, 집이 너무 가난해 호사스런 것이란 전혀 없네요. 저희 아버지는 평범한 근로자이에요."

"아버지는 안 보이시는군요. 집에 안 계시나요?"

-Tre malofte ni vidas lin. En ĉiu jaro nur unufoje, kiam li revenas al ni el Kamĉatko por unu monato. Li laboras tie en la ... en la ... ho, mi ne konas tiun vorton!... nu, en tiu loko, kie la homoj trovas tiun flavan ŝtonon, el kiu estas ankaŭ la fianĉina ringo.

-Mi komprenas. Li laboras en la orminejo.

"저희도 아버지를 뵙기가 정말 어려워요. 아버지는

깜차뜨코에서 일하시는데, 1년에 한 번 오시는데, 한 달 정도 머물다 가십니다. 아버지는 그곳에서 저어,.... 저어...아, 저는 그 낱말을 모르겠어요! 저어, 사람들이 누런 돌로 약혼반지를 만드는 그런 곳에서."

"알았어요. 그분은 금을 캐는 광산에서 일하고 계시는군요."

-Jes, en la cara, nun jam ne cara orminejo. Dekunu monatojn ni estas solaj sen patro. Mia patrino ne estas tre sana kaj forta. Mi helpas al ŝi ĉe la hejma laboro kaj ĉe miaj gefratoj. Jes, mi havas gefratojn. Kvar! Jes, kvar gefratojn! Ĉu vi deziras vidi ilin?

-Ho, jes! Tre volonte. Mi ŝatas la infanojn.

-Tion mi scias. Mi vidis vian rigardon, kiam ĝi havis patran senton. Tiam vi estis bela.

-Kaj nun mi estas malbela. Ĉu?

"예, 황제의 광산이지만, 이제 황제 소유가 아닌 곳에서. 1년 중 11개월 동안 저희는 아버지가 안 계신 가운데 외로이 살아가야 해요. 저희 어머니는 그리 건강하시지도 못하고, 힘도 약해요. 제가 집안일과 동생들을 돌보며 어머니를 돕지요. 예, 저는 형제자매가 많아요. 네 명. 네 사람의 형제자매이지요. 그 애들을 만나보겠어요?"

"아, 예! 기꺼이, 나도 어린아이들을 좋아합니다."

"그 점은 저도 압니다. 나는 선생님의 눈길에서 아버

지 같은 감정을 보았어요. 그땐 아름다웠답니다."
"그럼 지금은 못생겼나요? 그렇죠?"

-Ne volu komplimenton, sinjoro. Ĉe ni la fraŭlinoj ne komplimentas por almiliti simpation.
-Vi ne estas fraŭlino. Vi estas gimnazia lernantino. Knabino. Nur infano.
-Nur infano? Mi estas jam dekok-jara. Tiu ĉi jaro estas mia lasta jaro en la gimnazio. Jes, sinjoro! Sciu, ke mi estas fraŭlino kun multaj pensoj kaj zorgoj kiel ĉiu knabino, kiu havas malriĉajn gepatrojn kaj multajn gefratojn ... Nu, ĉu vi deziras vidi ilin?
"찬사를 기대하진 마세요. 선생님. 우리 아가씨들은 관심을 끌려고 찬사를 하진 않아요."
"당신은 아가씨가 아니에요. 김나지움 여학생이지요. 소녀, 어린 소녀일 뿐이지요."
"어린아이라뇨? 저는 벌써 열여덟 살인걸요. 올해는 제가 김나지움의 졸업반이라고요. 예, 선생님! 제가 여느 소녀와 마찬가지로 생각도 많고 관심도 많은 아가씨라는 것을 알아주세요... 자, 선생님은 그 아이들이 보고 싶다고 했지요?"

-Ni iru! Kaj mi petas vian pardonon.
-Mi jam pardonis. Ni iru. Rigardu la maldiligentajn infanojn, kiuj ludas dum la tuta

tago kaj vespere ili lernas siajn lecionojn.

Marja malfermas la pordon de la alia ĉambro. Nadai vidas kvar geknabojn. Ili sidas ĉirkaŭ la tablo, sed kiam ili vidas la gaston, ili levas sin kaj salutas lin.

-Vidu, jen ili! Ŝi estas mia fratino Orela. Tiu dormokula knabo estas mia frato Tadeusz, tiu ridbuŝa knabineto estas mia fratineto Erna kaj tiu ĉi malgranda estas la molkora Valja, kiu tre ŝatas la "grandan" panon kun "multa" butero. Nu, kiel ili plaĉas al vi?

"가 봅시다! 또 내 말에 용서해 주기를 청합니다."

"벌써 용서했답니다. 가세요. 온종일 놀다가 저녁에 공부하는 게으른 어린아이들을 보세요."

마랴가 다른 방의 문을 연다. 나다이는 4명의 소년 소녀들을 본다. 그들은 탁자 주위에 앉아있었다. 그 아이들은 손님이 오는 것을 보고는 자리에서 일어나 인사한다.

"보세요. 저 애들을! 이 아이는 여동생 오렐라, 저 잠오는 눈을 한 소년은 동생 나데우즈, 입가에 웃음 짓는 저 작은 소녀는 동생 바랴. 자, 이 애들이 마음에 드나요?"

-Ili estas tre ĉarmaj.

-Nun vi povas vidi, kiel maljuna mi estas. Mi estas la plej maljuna. -- Marja residigis la geknabojn.

-Nu, lernu kaj en la liton! Unu, du, punkto! Kion vi legas, Orela? Ĉu vi finis vian matematikan lecionon?

-Mi eĉ ne komencis ĝin. Vi devas helpi. Vi scias.

-Nun mi ne havas tempon. Rompu la kapon kaj tiun libron, kiun vi tenas en via mano, donu al mi!

"아이들이 참 잘 생겼네요."

"이제 선생님도 제가 어른이 되었음을 일 수 있겠지요. 제가 가장 나이가 많아요." 마랴는 그 형제자매들을 다시 앉게 했다.

"자, 공부하고 나서 잠을 자도록! 하나, 둘 셋! 오렐라 무엇을 읽고 있니? 너는 수학 공부 마쳤니?"

"시작도 하지 않았어. 언니가 가르쳐 주어야지. 잘 알면서도."

"지금 난 시간이 없어. 머리를 싸매고 공부해. 네 손에 든 그 책, 내게 줘!"

Orela ne volonte donas la libron al sia fratino kaj ŝi eksidas al la tablo por komenci la malfacilan matematikan taskon.

Nadai ne komprenas la polan lingvon, sed li rigardas la infanojn, atentas pri la parolo de Marja vidas la sintenon de la gefratoj kaj li sentas ke Marja vere ne estas jam gimnazia lernantino, jam delonge ŝi estas la dua patrineto en la orfa hejmo. La vorto "patrineto" kun la tuta bildo restas en lia kapo kaj kiam Marja proponas reiron en la alian ĉambron por trinki teon, li infane diras: jes!

오렐라는 주기 싫다는 듯이 책을 언니에게 주고는, 어려운 수학 숙제를 하려고 탁자에 앉는다.
나다이는 폴란드 말을 모르지만, 어린이들을 쳐다보며, 마랴의 말을 유심히 들으며, 이 형제자매들의 태도를 보며 생각에 잠긴다: '마랴는 이제 김나지움 여학생이 아니구나, 벌써 오래전부터 이 이 집에서 아이들의 제 2의 엄마가 되어 있구나.' 나다이는 이러한 눈앞의 펼쳐진 상황과, <엄마> 라는 낱말이 그의 머릿속에서 떠나지 않아, 마랴가 다른 방으로 돌아가서 차를 들자고 제안하자, 그는 어린아이 마냥 '예'하고 대답했다.

Ili sidas ĉe la tablo. Marja preparas la teon. Nadai rigardas la libron, kiun ŝi prenis for de Orela. "POEMOJ de JULIUSZ SLOWACZKY."
-Ho, tiu Orela estas ĉiam tia! Dum la tuta tago ŝi faras nenion. Ŝi nur legas, legas.
-Sed belajn librojn.
-Nu, ne ĉiam.
-Sed nun ŝi legis belajn poemojn. Ankaŭ mi tre ŝatas la poemojn, kiujn mi konas de tiu ĉi

poeto. Mi memoras, ke lia poemo "Mi malĝojas, Sinjoro" tre plaĉas al mi. Belega ĝi estas.

"아, 오렐라는 언제나 그래요! 온종일 그 동생은 아무것도 하지 않는답니다. 그녀는 책만 열심히 읽기만 합니다. "

"그러나 아름다운 책들이겠지요."

"아, 꼭 그렇지만 않아요."

"하지만 이번엔 그 동생은 아름다운 시집을 읽고 있어요. 나도 이 시인의 시를 잘 아는데, 나도 좋아하는 시집입니다. 내가 기억하고 있는 <주여, 슬픕니다>라는 시는 그분이 지은 것인데, 내 마음에 꼭 들었답니다. 그 시는 아주 아름다워요."

-En kiu lingvo vi legis ilin?

-En Esperanto. Antoni Grabovski, la patro de la esperanta poezio tradukis ĝin.

-Ĉu vi bone rememoras pri ĝi? ... Nu, diru kaj ni kontrolu la tradukon! Atendu! Mi nun serĉas la originalon. Jen mi trovis ĝin ...

Nadai bele, sente diras la tradukon kaj Marja kontrolas.

-Ho, belega estas ili ambaŭ -- ŝi diras ĉe la fino.

"무슨 언어로 된 시였나요?"

"에스페란토로요. 에스페란토 번역은 안토니 그라보브스키(Antoni Grabovski)라는 분이 했답니다."

"그 시를 기억하고 있나요?...저어, 말해 보세요. 우리가 그 번역을 한 번 맞춰 봐요. 잠깐만요. 제가 그 시 원문을 찾아보겠어요. 아, 여기 있군요..."

 나다이가 그 번역 시를 아름답고도 감정을 실어 말하자, 마랴가 이를 비교해 본다.

"둘 다 아름다워요." 끝에서 마랴가 말한다.

Ili longe parolas pri la pola, poste pri la hungara literaturoj. Ankaŭ pri la esperanta literaturo, al kiu la poloj donis talentajn homojn: Kazimir Bein, Leo Belmont, J. Wasznewsky. Kompreneble, ankaŭ la rusoj donis.

 그들은 오랫동안 폴란드 문학과 헝가리 문학 이야기를 나누었다. 한 에스페란토 문학에 대해서도. 폴란드의 재능 있는 사람들이 에스페란토 문학에 이바지했다: 카지미르 베인(Kazimir Bein), 레오 벨몬트(Leo Belmont), 바즈네브스키(J. Waznewsky). 또 러시아 사람들도 이바지했다.

-Ho, tamen ĝi estas tre malriĉa! -diras Marja.

-Hodiaŭ ĝi estas malriĉa, sed ĝi estas vivopova. Atendu! Post unu-du jardekoj ... Niaj verkistoj, poetoj ĉiam volas doni perfektecon al la lingvo. Iliaj verkoj instrue helpas en la bela parolo de la lingvo kaj ilia laboro ĉiam faras utilan servon por nia nova kulturo.

"아, 그렇지만 에스페란토 문학은 너무 빈약해요!" 마랴가 말한다.

"오늘의 에스페란토 문학은 풍부하지 못하지만, 생명력은 강합니다. 들어보세요. 십 년이나 이십 년 뒤... 우리 작가들과 시인들이 언제나 이 언어를 완벽하게 쓸 수 있도록 노력하고 있답니다. 그들의 작품들이 에스페란토를 아름다운 말로 만드는 데 앞장서서 도울 것이고, 그들의 업적은 언제나 우리의 새 문화를 위한 유익한 봉사가 될 것입니다."

-Ĉu vi vere kredas tion?

-Mi estas certa pri tio, ke tiu granda amo, tiu nobla laboro, kiujn multaj miloj jam donis al Esperanto, ne povas resti sen bonaj fruktoj. Hodiaŭ estas 1919, estas milita kaj revolucia tempo, sed post unu-du jardekoj ...

-Ho, kien vi flugas? Restu en la nuna tempo. Ne pensu, ke mi ne komprenas vin. Sed nun mi pensas pri tio, ke nia societo ne havas esperantajn librojn, gazeton. Por bone lerni lingvon la homoj devas legi literaturaĵojn. Tiel ni lernas ami ankaŭ nian patran lingvon kaj tiel mi lernis ankaŭ la rusan kaj germanan lingvojn. Pensu pri tio!

"선생님은 그렇게 되리라 믿어요?"

"수많은 사람이 에스페란토에 이미 바쳤던 그 위대한 사랑, 그 고상한 업적은 훌륭한 결실을 거두리라 확신 해요. 지금은 1919년이고, 전쟁과 혁명의 시대이지만, 일이십 년이 지나면...."

"오, 어디까지 날아가세요? 지금 현재에 머무세요. 제가 선생님을 이해하지 못한다고 생각진 마세요. 그 러나 지금의 제 생각은요. 우리 모임에는 에스페란토 책이니 잡지가 없다는 거예요. 언어를 잘 배우려면 그 언어로 된 문학작품을 꼭 읽어야 합니다. 그런 방법으 로 우리는 우리 어머니 말을 사랑하는 법을 배웠고, 그렇게 러시아말과 독일말을 배웠답니다. 그 점을 생 각해 보세요!"

-Mi jam pensis ofte pri tio.

-Kaj kion ni faru? -kaj Marja demandas eĉ per sia rigardo.

-Mi ne scias. Mi havas nur dek librojn. Akceptu ilin por la societo. La komenco estas ĉiam malfacila.

-Mi dankas ilin en la nomo de la kurso. Sed ĉu vi ...

-Ho, mi jam ofte legis ilin. Sed unu libreton mi retenas. Ĝi restu memoraĵo.

-Pri kio? Pri kiu?

-Pri tago, kiam mi ploris kiel la infano.

-Ĉu vi ne volas aŭ ne povas rakonti al mi pri

tio?

-Se vi deziras, volonte.

-Ho jes, rakontu, rakontu, kara ... kara -- instruisto!

"나는 이미 그 점을 자주 생각해 왔답니다."

"그럼, 우리는 무엇을 하지요?"

그리고 마랴는 다시 묻고 있다.

"잘 모르겠군요. 내가 10권의 책을 가지고 있지요. 우리 모임을 위해 이 책을 기증하지요. 시작은 언제나 어려운 법이랍니다."

"그 책들은 강습회를 대표해서 고맙게 받겠습니다. 그러나 선생님은…"

"아, 저는 그것들을 벌써 여러 번 읽었어요. 하지만 그중 1권은 제가 갖고 있을 것입니다. 그것은 기념으로 간직해야 됩니다."

"무엇에 대한 기념이에요? 어떤 기념인가요? 아니면 어떤 사람에 대한 기념인가요?"

"내가 어린아이처럼 울었던 날을 기념해서."

"선생님, 그 이야기를 내게 들려줄 수 없는지요?"

"원한다면 해 드리죠."

"그럼요, 이야기해 주세요. 어서요, 어서요… 선생님, 선생님!"

-En 1916 mi estis en la militkaptitejo en Berezovka. Estis la monato Novembro aŭ Decembro. La tuta tero vestis sin en blankan kostumon. Ekster la kazernoj estis granda malvarmo. En la kazernaj ĉambroj estis malbona aero. Tie ni kuŝis, rigardis al la plafono kaj nur kelkfoje ni parolis unu al la alia. Ni, hungaroj, havis malbonan, tre malbonan humoron. La germanoj havis pli bonan humoron, ĉar ili ĉiutage ricevis leterojn, pakaĵojn el la malproksima hejmlando. Ilia milita poŝto estis bonega. Ni, hungaroj, tre malofte ricevis kelkvortan sciigon de niaj gepatroj, edzino, fianĉino kaj gefiloj. Kial? Mi ne scias. Sed estis tiel. Ankaŭ nun estas tiel. La lastan leteron de mia patrino mi ricevis en Februaro de 1917.

"1916년 나는 베레조브까의 포로수용소에 있었어요. 아마 11월인가 12월이었지요. 온 땅은 흰옷으로 덮여 있었어요. 수용소 바깥은 정말 추웠어요. 수용소 감방 공기는 나빴어요. 그곳에서 우리는 누워, 천장을 바라보았지요. 어쩌다가 한 번씩 서로 대화를 했지요. 우리 헝가리 사람들은 침울한, 아주 침울한 상태에 빠져 있었지요. 독일사람들은 우리보다 나은 분위기였어요. 왜냐하면, 그들은 매일 먼 고향으로부터 편지와 소포를 받을 수 있었지요. 그네들의 군사 우편 제도는 훌륭했지요. 우리 헝가리 사람들은 우리 부모와 아내, 연인과 자식들로부터 간혹 짧은 소식을 들을 수 있었어요. 왜냐구요? 이유는 모르겠지만, 어쨌든 그랬어요. 지금도 마찬가지지요. 내가 어머니로부터 편지를 받은 것이 1917년 2월이 마지막이었지요.

Foje la poŝtisto de la kazerno venis al mi. Li donis sciigon pri pakaĵo, kiu venis al mia nomo. Mia koro forte batis. Pakaĵo el la hejmo! Pensu, kion ĝi signifas por tiaj orfaj homoj, kiel ni estas. Mi iris, ne, mi kuris al la poŝtoficejo. Mi ricevis la pakaĵon. Sur ĝi estis la manskribo de mia kara patrino. Vi ne povas prezenti al vi, kion mi sentis en tiuj dek minutoj, dum kiuj mi rekuris al mia kazerno kaj tie ... tie mi trovis nur grandan ŝtonon, malpuran soldatpanon en la pakaĵo kaj paperon kun rusa skribo: "La pakaĵo alvenis tia al la rusa poŝto."

한 번은 수용소 내 우체부가 나를 찾아왔어요. 그는 내게 소포가 왔다고 알려 주었어요. 내 심장이 강하게 뛰더군요. 고향으로부터의 소포라구! 지금 우리처럼 고아나 다름없는 사람들에겐 소포가 무엇을 의미하는지 생각해 보세요. 내가 우체국까지 갔지요. 아니 달려갔지요. 소포는 있었지요. 그 소포에는 사랑하는 어머니의 필적이 있었이요. 내가 재빨리 내 방으로 뛰어 돌아오는, 그 10분 동안 가졌던 그 느낌을 아마 당신은 가질 수 없을 것입니다. 그런데, 내 방에서... 내 방, 그곳에서... 러시아어로 씌어진 종이쪽지와 단지 돌 하나와 더러운 군용 빵 하나가 그 소포에 들어 있지 않겠어요.

<이 소포는 러시아 우체국에 이 상태로 들어옴.>

"Kiu forprenis el ĝi tion, kion la patrina amo volis doni al mi, mi ne scias. Ĉu la hungara aŭ la rusa milita poŝto? Egale!

Pasis kelkaj tagoj, unu semajno kaj nia poŝtisto denove venis al mi. Jen sciigo pri pakaĵo -- li diris. Mi pensis pri malbona soldata humoraĵo kaj mi ne volis iri al la poŝtoficejo, sed la bona homo du-trifoje diris, ke mi iru, ĉar ĝi estas granda pakaĵo.

어머니가 사랑으로 내게 준, 그 내용물을 꺼내 간 사람이 누군지 나는 모릅니다. 헝가리 아니면 러시아 군사 우편 당국인지? 똑같아요!

며칠이 지났어요. 일주일이 더 지났어요. 우리 우체부가 또 한 번 나를 찾았어요. 이번에도 소포가 와 있다고 그는 말했습니다. 나는 군대의 나쁜 행동에 대한 생각 때문에 우체국에 가고 싶지도 않았어요. 그런데 그 착한 사람은 두 번 세 번 나에게 찾아가라고 하면서 이번 소포는 아주 크다고 이야기했어요.

Nu, mi iris kaj mi prenis la pakaĵon. Ĝi venis el Ĝenevo. La Universala Esperanto Asocio sendis al mi. Ho, libroj! Esperantaj libroj! Eĉ hungarajn librojn ni ne povas ricevi, ĉar la rusa cenzuro metas ilin en la fajron. La cenzuristoj ne scias la hungaran lingvon.

En la kazerno miaj amikoj scivole rigardis la pakaĵon. Mi malpakis ĝin. Mi trovis dek belajn librojn kaj alian pakaĵon, kiun la franca poŝto sendis al Ĝenevo. Ankaŭ ĝin mi malfermis kaj mi trovis varman veŝton, pipon, tabakon, ĉokoladon, cigaredojn. du bonajn ŝuojn. diversajn objektojn utilajn por soldato, unu esperantlingvan Biblion kaj unu leteron. Mi rigardis la pakaĵan. sed mi ne vidis ĝin. Miaj larmoj malhelpis. Mi ploris kiel la infano. Kial? ... Atendu momenton!

하는 수 없이 나는 이번에도 찾아가서 소포를 받았어요. 이번에는 제네바에서 온 것이었어요. 세계에스페란토협회가 내게 보냈던 것이지요. 책이었다고요! 에스페란토 책들! 헝가리 책도 우리가 받아 볼 수 없는 상황이었지요. 왜냐하면, 러시아 검열관은 그런 책자들을 불 속에 집어넣어 버렸기 때문이었어요. 그 검열관은 헝가리말을 몰랐나 봐요. 그 수용소 안에서의 나의 동료들은 내가 가져온 소포를 호기심 어린 눈으로 바라보았어요. 나는 10권의 예쁜 책과 프랑스 우체국이 제네바로 보낸 다른 소포도 발견했어요. 이 소포를 내가 뜯으니까 그 속에는 보온용 옷, 파이프, 담배, 초콜릿, 궐련, 좋은 신발 두 켤레, 군인에게 필요한 다양하면서도 유용한 물건들이 있었지요. 또 에스페란토어로 번역된 성서 1권과 편지 1장이 있었지요. 나는 그 물품들을 보았지만 나는 그것을 제대로 볼 수 없었어요. 나는 눈물 때문에 앞이 가렸거든요. 나는 어린아이처럼 울어버렸어요. 왜냐구요?... 잠시만 기다려 주세요!

Nadai prenas el sia poŝo kelkajn leterojn kaj serĉas inter ili.

-Jen la letero! Aŭskultu!

"Kara amiko, aŭ malamiko(?), mi legis vian nomon en la gazeto "ESPERANTO" kaj nun mi scias, ke vi estas militkaptito en Ruslando. Mi pensis pri vi kaj pri nia amika korespondo antaŭ la milito. Mi sendas al vi tion, kion malriĉa franca soldato povas sendi al soldato. Akceptu kaj restu sana! Via: Alfred Pitois, nun infanteria kaporalo en la ..."

　나다이는 호주머니에서 편지 몇 통을 끄집어내어, 그 가운데에서 찾는다.

　"바로 이 편지군요! 들어보세요!"

　"사랑하는 친구에게, 아니면 적(?)에게.

　나는 <에스페란토>[6] 잡지에서 당신 이름을 발견했어요. 그리고 나는 지금 알게 되었어요. 당신이 지금 러시아 내 포로수용소에 있다는 것을. 나는 당신 생각을 해 보고는 전쟁이 일어나기 전에 우리가 우정어린 편지를 교환했다는 것도 생각났습니다. 나는 가난한 프

---

6) *세계에스페란토협회에서 발행하는 잡지:역주

랑스 군인이지만, 군인에게 보낼 수 있는 것만 보냅니다. 이것을 받으십시오. 그리고 건강하십시오!

당신의
알프레드 피토이스 올림
지금... 에서의 보병하사. "

La daton, lokon kaj la nomon de la regimento la franca cenzuro forigis per dika blua krajono. Jen la historio. Ĝi estas vera de la unua vorto ĝis la lasta... Tial mi deziras reteni tiun unu libron, la esperantlingvan Biblion.

   그 날짜, 장소, 연대의 이름은 프랑스 검열관이 두꺼운 푸른 색연필로 지워버렸어요. 이것이 그 이야기의 전부입니다. 이것은 처음부터 끝까지 사실이라구요... 그 때문에 그중 에스페란토로 번역된 성경은 내가 간직하고 싶습니다."

Longa silento restas post la rakonto en la ĉambro. Marja ne kuraĝas rompi ĝin. Nadai vivas nun en siaj rememoroj. Nur post minutoj la rigardoj serĉas unu la alian. En la okuloj de ili ambaŭ la sama sento parolas mute, sed tre varme: la homa kompreno.
Sur la tablo du manoj ame tuŝas sin. La samovaro muzikas. La instruisto kaj lernantino sentas sin pli proksimaj unu al la alia. Ne ili,

sed la longa, longa silento parolas pri tio.

오랜 침묵은 이 방에서의 그 이야기 뒤에 이어졌다. 마랴는 침묵을 깰 용기가 없다. 나다이는 지금 추억 속에 남아 있다. 몇 분 뒤에야 그 시선은 서로서로 바라보았다. 그들 눈에는 양쪽 다 똑같은 감동이 말없이 흐르고 있었고, 그것은 인간에 대한 아주 따뜻한 이해였다.

두 손이 탁자 위에서 다정하게 잡는다. 사모바르가 소리를 낸다. 선생님과 여학생은 서로를 더 가깝게 느낀다. 이들을 대변해 주는 것은 그들이 아니라, 길고 긴 침묵이다.

Ĉapitro 7: En Vladivostok
블라디보스톡에서

Kelkaj el la membroj de la malgranda kurso alvenis per la matena vagonaro el Nikolsk al Vladivostok. Ĉe la stacidomo atendis ilin sinjoroj Vonago kaj Ŝaroŝi, el la militkaptitejo de la japanoj. La unua tenis alte malgrandan esperantan standardon, la dua kuris preter la vagonoj por trovi sian amikon Nadai. Li trovis facile lin, ĉar ankaŭ Marja Bulski eltenis similan standardon tra la fenestro de la kupeo, en kiu sidis Nadai, Kuratov, Valja Smirnova, Eŭgenia Tkaĉeva, Bogatireva kaj ŝi.

작은 강습회 회원들 가운데 몇 명은 니꼴스크 출발 아침 열차로 블라디보스톡에 도착했다. 역에는 보나고 씨와 일본 포로수용소에서 온 샤로쉬 씨가 그들을 마중 나왔다. 보나고 씨는 작은 에스페란토 깃발을 높이 쳐들고 있었으며, 샤로쉬 씨는 친구 나다이를 찾기 위해 객차 옆으로 뛰어다녔다. 그는 쉽게 나다이를 찾을 수 있었다. 마랴 불스키도 일행이 앉아있는 좌석 창문으로 에스페란토 깃발을 흔들고 있었다. 이 일행은 마랴를 포함하여 나다이, 쿠라토프, 발랴 스미르노바, 에우게니아 트카체바, 보가티레바 등이다.

Post la reciproka saluto nun ili marŝas jam

sur la ĉefa strato de la urbo. Altaj domoj, multaj komercejoj, sed la karaktero estas ne eŭropa, sed orienta. Ili rigardas al la haveno, en kiu multaj ŝipoj senmove ripozas, atendas la el- kaj enŝipigon de komercaĵoj. Ankaŭ grandaj militŝipoj pace mutas nun ĉe la bordo.

Nadai, kiu la unuan fojon vidas la maron, haltas sur la vojo kaj rigardas ĝin.

 서로 인사를 나눈 뒤, 그들은 시내 간선도로에서 걷고 있다. 높은 집들, 수많은 상점. 그러나 분위기는 구라파가 아니라 동양적이다. 그들은 수많은 배가 쉬고, 물품을 싣거나 내리기 위해 정박해 있는 항구를 바라본다. 큰 군함들도 해안가에 평화로이 서 있다. 처음으로 바다를 보는 나다이는 가던 길을 멈추고 바다를 쳐다본다.

 -La maro estas tre interesa. Rigardu, Marja, de tie ĉi ni povas vidi la tutan havenon "Ora Korno" kaj tie jam ankaŭ la liberan maron. Ĝi estas belega! Ĉu ne?

 -Mi malŝatas tiun ĉi maron kaj mi antaŭsentas, ke mi malamos ĝin.

-Kial? Mi trovas ĝin belega.

-Jes, ĝi estas belega, sed tre senkora. Ĝi disigos nin por ĉiam.

-Sed la maro estas samtempe vojo por retrovi

la malproksiman amikon.

-Ĉu vi kredas tion? Ho, vi granda optimisto.

-Jes, mi volas kredi tion, vi, malgranda pesimistino.

"바다는 정말 흥미롭군. 저걸 보아요, 마랴. 여기에서 우리는 항구 '황금의 뿔'을 다 볼 수 있고, 저기에 자유로운 바다도 볼 수 있다구요. 바다는 무척 아름다워! 그렇지 않아요?"

"저는 이 바다가 싫어요, 제가 이 바다를 미워할 것 같은 예감이 들어요."

"왜요? 난 아주 아름다운데."

"예, 바다는 매우 아름답긴 해도 아주 무심해요. 바다는 영원히 우리를 갈라놓을지도 몰라요."

"그러나 바다는 동시에 멀리 떨어진 친구를 다시 만날 수 있는 길이기도 하지요."

"선생님은 그것을 믿어요? 오, 아주 낙천주의자군요."

"예, 그렇게 믿고 싶어요. 마랴는 꼬마 염세주의자가 되겠군요."

La propono de sinjoro Vonago rompas la malgajan interparolon de la du geamikoj.

-Gesinjoroj. -li diras -mi invitas vin unue al la hejmo de la Vladivostoka Esperanto Societo. Tie ni matenmanĝos, ĉar ĝi estas en mia oficejo. Vi scias, ke mi estas urba notario kaj mi havas oficialan laboron, sed mi liberigos min por hodiaŭ. Mi havas helpnotarion en la oficejo. Ankaŭ li estas nia malnova samideano. Poste ni veturos per aŭtomobilo al Pervaja Rjeĉka, al la militkaptitejo. Ĉu bone?

La gastoj konsentas. Post mallonga tempo la tuta societo jam estas en la notaria oficejo.

-- Bonvolu veni en la bibliotekan ĉambron! Ĝi estas nia kunvenejo. Tie estos pli agrable -- sinjoro Vonago invite malfermas la pordon.

보나고 씨의 제안 때문에 두 사람의 슬픈 대화는 그친다.

"여러분," 그는 말한다.

"저는 여러분을 먼저 블라디보스톡 에스페란토협회로 초대하고자 합니다. 그곳에서 우리는 아침 식사를 할 것입니다. 협회는 제 사무실 안에 있습니다. 아시다시피 제가 우리 도시 공증인이라 공무가 있지만, 오늘은 쉴 수 있습니다. 저는 제 사무실에 공증인보를 두었습니다. 그도 우리의 오랜 동지입니다. 그다음 우리는 자동차로 뻬르바야 르예츠까에 있는 포로수용소를 방문할 예정입니다. 좋습니까?"

손님들은 동의한다. 잠시 뒤 일행은 공증인 사무소에 와 있다.

"도서실로 와 주십시오! 여기가 우리 모임 장소입니다. 아마 더 편안한 장소가 될 것입니다." 보나고 씨가 초대하듯 문을 연다.

Ho, kiom da libroj! Sur la muro, inter du belaj verdaj standardoj, pendas la portreto de D-ro Lazaro Ludoviko Zamenhof, la aŭtoro de Esperanto. Sub la bildo pendas en kadro kelke da leteroj, kiujn la aŭtoro mem skribis al la Vladivostoka Esperanto Societo. Sur la tablo atendas la prozo: la bona matenmanĝo. La rigardoj tuŝas la prozon, sed la oreloj aŭdas poezion: gramofono aŭdigas la himnon de la esperantistoj. Ĉe la gramofontablo staras maljuna, senhara sinjoro. Li afable salutas la gastojn.

아, 얼마나 많은 책인가! 벽에는 아름다운 2개의 초록 깃발 사이에 에스페란토 창안자 라자로 루도비코 자멘호프(Lazaro Ludoviko Zamenhof) 박사의 초상화가 걸려있다.

그 그림 아래 가장자리에는 창안자가 친히 블라디보스톡 에스페란토협회에 보내온 여러 편지가 걸려 있다. 식탁에는 아침 식사가 준비되어 있다. 일행의 시선은 음식으로 향하고, 귀는 시가 들려오는 쪽으로 향해 있었다. 축음기에는 에스페란토 찬가가 흘러나온다. 축음기가 놓인 탁자 곁에 나이가 지긋한 대머리 신사가 서 있다. 그는 손님들을 친절히 맞는다.

-Bonvenon, karaj gesamideanoj! Mi estas la sekretario de la societo. Bonvolu altabliĝi!

Sed la gastoj restas ĉe la pordo kaj ili aŭskultas la himnon: "En la mondon venis nova sento..." Bela melodio. Nadai ne konas tiun melodion. Ĝi ne estas la oficiala. Ĝi estas la unua melodio de la himno, kiun sveda komponisto faris. Tre malmultaj esperantistoj konas ĝin. Ĝi ne havas marŝan ritmon.

Post la lastaj sonoj de la himno la gastoj kaj la mastroj altabliĝas. Komenciĝas gaja babilado en Esperanto pri la lingvo, pri ĝia movado, pri ĝia historio, pri la unuaj rusaj pioniroj, el kiuj sinjoroj Vonago kaj lia helpnotario konis multajn. Li parolas ankaŭ pri Zamenhof, kiun li renkontis dum la unua kongreso en Bulonjo sur Maro en 1905. Li montras bildojn pri du-tri kongresoj, en kiuj li ĉeestis.

"어서 오십시오. 존경하는 동지 여러분! 제가 이 협회 사무국장입니다. 식탁으로 앉으시지요!"

그러나 그 손님들은 문 앞에서 찬가를 듣고 있다. "엔 라 몬돈 뻬나스 노바 센토(En la mondon venas nova sento..)[7] 아름다운 멜로디지만, 나다이는 그 멜로디를 모른다. 이것은 널리 인정된 것이 아니었다. 이는 스웨덴 작곡가가 만든 옛 멜로디다. 아주 적은 수효의 에스페란티스토들만 알고 있다. 이는 경쾌한 리

---

7) *역주:'이 세상으로 새 감정이 온다...'는 뜻.

듬이 아니다.

 그 찬가가 끝나자 손님들과 주인들이 식탁에 앉았다. 에스페란토로 즐거운 대화가 시작된다. 에스페란토 언어와 이 언어의 운동과 이 언어 역사, 보나고 씨와 공증인보가 알고 있는 수많은 사람 가운데 초기의 러시아 선구자들 이야기. 그는 1905년 블로뉴 슈르메르 제1차 세계에스페란토대회때 만났던 자멘호프 이야기도 해 주었다. 그가 직접 참석했던 두세 대회에 대한 느낌을 이야기해 준다.

-La unua kongreso estas neforgesebla memoraĵo por mi, kaj por tiuj, kiuj povis vidi tion, kion mi vidis. Ho, kiom da ĝojo, kia kortuŝa harmonia sento! La nuna esperantista generacio jam havas fruktojn kaj la postaj esperantistoj jam praktike utiligos la lingvon en la ĉiutaga vivo. Ili ne povos prezenti al si tiun senton, kiun havis ni, la unuaj pioniroj, al kiuj la carismo longe malsimpatiis kaj kiujn la homoj mokis, eĉ kelkfoje insultis pro la idealista laboro. Mi konas kelkajn samideanojn, kiujn la oficiala malkompreno pri nia afero devigis veni en Siberion. Poste ĉio pliboniĝis, sed ili restis ĉi tie. Jes, karaj geamikoj, nia afero jam havas martirojn kaj ĝi havos eble eĉ pli, sed tio ne gravas. Ni venkis la unuajn malfacilaĵojn kaj

Bulonjo sur Maro estis nia unua festotago kaj venus multaj festotagoj post la labortagoj. Intertempe ni devas labori, eĉ batali por doni utilan servon al la tuta homaro.

"제1차 대회는 잊을 수 없는 추억으로 간직하고 있습니다. 저를 포함해서 참석자들은 아, 정말로 즐거웠으며, 정말로 감동적인 분위기였지요! 에스페란토 제1 세대가 벌써 결실을 맺고, 다음 세대의 에스페란티스토들도 일상생활에서 이 언어를 실제적으로 이용하게 될 것입니다. 후세대들은 우리가 가졌던 그 감동을 상상조차 할 수 없을 것입니다. 우리 초기의 선구자들은 전제 군주제하에서 오랫동안 박해를 당하기도 하고, 일반인들도 그 이상주의적 활동에 비웃거나 때로는 모욕을 주기조차 했지요. 저는 우리 일에 대한 정치적 오해로 인해 이 시베리아로 유배당해 온 몇몇 동지들을 알고 있습니다. 나중에 정치적 오해가 풀렸지만, 그 동지들은 이곳 시베리아에 남았습니다. 예, 존경하는 친구 여러분, 우리 일은 벌써 순교자를 냈으며, 우리 일은 더욱 순교자를 낼 수 있겠지만 그것은 중요하지 않습니다. 우리는 첫 난관을 극복했으며, 불노뉴 수르 마르는 우리의 첫 축제일입니다. 열심히 일한 뒤에는 축제일이 여러 번 다가오지요. 그동안 우리는 일해야 합니다. 온 인류에게 유익한 봉사를 하기 위해 때로는 싸우기조차 해야 합니다."

La gastoj estime rigardas al la bonkora vizaĝo

de Vonago, kiu jam estis inter la unuaj, kiuj kun kredo kaj malegoista laboro realigis unu el la plej belaj sonĝoj de la homoj.

-Vi konis la Majstron persone. Ĉu ne, sinjoro? Parolu pri li! Mi havas de li nur unu poŝtkarton, kiun mi ricevis antaŭ la milito -- diras Nadai.

손님들은 믿음과 헌신적인 노력으로 인류의 가장 아름다운 꿈 가운데 하나를 실현시킨 그 첫 세대에 속하는 보나고의 마음씨 고운 얼굴을 존경스런 눈으로 바라본다.

"당신은 직접 대스승을 만나보셨지요. 그렇지 않습니까, 보나고 씨? 그분에 대해 말해 주십시오! 전쟁 전에 그분으로부터 제가 받은 것이라고는 엽서 한 장 뿐이었지요." 나다이가 말한다.

-Zamenhof, nia Majstro -kaj Vonago montras al la portreto -naskiĝis la 15-an de Decembro en 1859). Li estis la plej modesta genia homo de sia tempo. Sed li estis ankaŭ unu el la plej kuraĝaj, ĉar li kuraĝis ne nur sonĝi, sed ankaŭ paroli pri sia sonĝo kaj fari realaĵon el ĝi. Memoru pri tio, ke li havis malagrablajn ecojn en la pensmaniero de la carismo; li estis judo kaj pola patrioto ... Kaj tamen li kuraĝis kaj tamen li prenis al si la novan nepardoneblan songon "esti homo", kiu vidas homfraton en ĉiu homo kaj kiu en siaj faroj estis pli kristana ol multaj kristanoj. Lia kormalsano mortigis lin. Tiel devis silentiĝi por ĉiam la batoj de tiu koro, kiu ne povis elteni plu la dolorojn, kiuj vekis en li la penson, ke li vane oferis sian tutan vivon por la homaro. La 17-an de Aprilo en 1917 li foriris el inter ni. Sed li eraris. Li ne faris vanan oferon. La homoj komprenos lin kaj lian grandan verkon.

"우리의 대스승 자멘호프는 -그리고는 보나고 씨는 초상화를 가리킨다.- 1859년 12월 15일 태어났습니다. 그는 그 시대의 가장 겸손하고도 천재적인 인물이었습니다. 그러나 그는 가장 용기 있는 사람들 가운데 한 사람이기도 합니다. 왜냐하면, 그는 꿈을 가지고 있었을 뿐만 아니라 자신의 꿈을 이야기하고 이를 실현하려고 용기 있게 활동했기 때문입니다. 그는 유대인이자 폴란드 애국자였기 때문에 전제 군주제 통치 방식에는 부적절한 인물이었지요... 그래도, 그는 용기를 잃지 않고, 온 인류를 인간 형제로 보고 자신의 행동에 있어서도 그리스도인들보다 더 그리스도적인 '인류 인주의'라는 양보할 수 없는 새로운 꿈을 가졌습니다. 끝내 심장병이 그를 잠들게 했지만, 그분은 인류를 위하여 부질없이 온 삶을 바쳤지 않나 하는 생각을 불러일으키는 그 고통을 더 이상 견딜 수 없었지요. 그의 심장은 그렇게 영원히 잠들어야 했지요! 1917년 4월

17일에 그분은 우리 곁을 떠났습니다. 하지만 그분의 그런 생각은 틀렸답니다. 그분의 희생이 부질없는 것이 아니었으니까요. 사람들은 지금 그분을, 그분의 큰 업적을 이해하고 있습니다."

Post la matenmanĝo Vonago kaj la sekretario montras la riĉan esperantan bibliotekon, en kiu enestas preskaŭ ĉiu libro de la antaŭmilita esperanta literaturo.

La sekretario ludigas du gramofondiskojn. Poemoj. Devjatnin, unu el la unuaj esp. verkistoj, deklamas ilin.

La gastoj havas bonan humoron. Ili ĝojas ke la tago de la vizito en Vladivostok tiel bele komenciĝis. Sed la aŭtomobilo jam atendas ilin malsupre sur la strato. Tie ili havas denove agrablajn minutojn.

Du grandaj aŭtomobiloj. Unu kun rusa ŝoforo, alia kun japana soldatŝoforo. En tiu lasta malgranda viro sidas. Li havas oficiran uniformon de la japana milita maristaro. Li afable invitas la sinjorinojn al sia aŭtomobilo.

아침 식사가 끝난 뒤, 보나고 씨와 총무는 풍부한 에스페란토 책자들을 보여주었다. 제1차 세계대전 이전의 에스페란토 문학에 관한 거의 모든 책이 있었다.

총무가 축음기판을 움직였다. 시다. 초기 에스페란토

작가 가운데 한 사람인 데뱌트닌(Devjatnin)이 시를 낭송한다.

손님들은 기분이 좋다. 블라디보스톡의 방문 첫날이 이렇게 아름답게 시작되어 즐겁다. 자동차가 이미 저 아래 길에서 기다리고 있다. 길에서 그들은 몇 분 동안 유쾌하게 보낸다.

2대의 큰 자동차. 한 대에는 러시아인 운전자가 있고, 다른 한 대에는 일본군 운전자와, 작은 키의 일본 남자가 동승해 있었다. 그 남자는 일본해군 복장의 장교다. 그는 자기 차로 부인들을 친절히 모신다.

-Li estas kapitano Oba. Li servas sur la milita ŝipo "Hi-Zen", kiun vi povas vidi tie en la haveno -Ŝaroŝi diras al sia amiko Nadai. -Li ofte vizitas niajn kunvenojn en la militkaptitejo. Rigardu, li havas la esperantan insignon sur sia uniformo. Li estas tre, tre bona homo. Sed poste vi vidos, kia homo li estas.

La du aŭtomobiloj kuras, kuregas sur la vojo inter montoj al la militkaptitejo en Pervaja Rjeĉka. La grandaj kazernoj staras sur monto kaj ĉirkaŭ ili estas ligna muro: barilo. Ĉe la pordego de la barilo staras japanaj soldatoj, kiuj soldate salutas la gastojn, rigardas la oficialan enirpermeson, malfermas la pordegon. La du aŭtomobiloj iras ĝis la "Esperantista Kafejo" de la militkaptitoj.

"이분은 해군 대령 오바입니다. 저기, 항구에 보이는 '히젠' 군함에 근무하고 있습니다."

샤로쉬가 친구 나다이에게 소개한다.

"이분이 포로수용소의 우리 모임에 자주 방문합니다. 보이지요, 그는 군복에 에스페란토 배지를 달고 있지요. 그는 아주, 아주 좋은 사람입니다. 그가 어떤 인물인가를 나중에 보십시오."

자동차 2대가 산길을 따라 뻬르뱌야 르예츠까에 있는 포로수용소를 향해 달린다. 수용소들이 산 위에 자리해 있고, 수용소 주변은 나무 울타리로 상벽을 만들어 놓고 있다. 나무 울타리의 한쪽 출입구에 서 있던 일본 군인들이 손님들에게 군대식으로 인사한다. 공식 출입 허가증을 보고, 출입문을 열어준다. 두 자동차는 포로 수용소의 "에스페란티스토 까페"까지 나아간다.

Ho, kiom da homoj! Ĉiuj estas viroj kaj soldatoj, sed en diversaj uniformoj aŭ en civilaj vestoj. Multaj venis nur por rigardi la gastojn. Virinoj, veraj virinoj en la militkaptitejo! Ĉarmaj, eĉ belaj knabinoj kaj veraj knabinoj! Ne tiaj, kiaj en la teatro de la militkaptitoj, kie nun la kostumoj kaj perukoj faras virinojn el la junaj viroj por iluzio. La junaj knabinoj sentas, ke la granda interesiĝo estas por kaj pro ili. Al la scivolaj okuloj ili ĉarme ridetas.

아, 정말 수용된 포로들이 많았다! 모두 남자들이고 군인들이지만, 옷은 각양각색이다. 군복 또는 평상복 차림이다. 수많은 사람이 손님들을 맞으러 나와 있었다. 포로수용소에서 여자들, 진짜 여자들을 보다니! 매혹적이고, 아름답기도 한 아가씨들! 진짜 아가씨! 상상으로 이 수용소의 젊은 남자들이 옷과 가발을 이용하여 여자로 변장하게 하는 극단과는 다르다. 젊은 아가씨들은 그 커다란 관심이 자신들에게 있다는 것을 느낀다. 그들은 호기심 많은 눈에 선뜻 미소로 답한다.

-Nu, mi ne dezirus longe resti inter tiom da viroj -diras ridete sinjorino Bogatireva al Kuratov.

-Mi pensas, ke ankaŭ ili ne dezirus vian longan restadon -kaj Kuratov ridas pri sia ŝerco.

-Mi dankas pro la komplimento. Vi, vi, maljunega juna koro! -Sed post momento ŝi jam amike pace ridetas al sinjoro Kuratov.

La grupo de esperantistoj (ho, ili estas tre multaj!) staras antaŭ la kafejo. Ili kantas la esperantan himnon laŭ la nova melodio. Unu el ili salutas la gastojn. Estas gastoj ne nur el Nikolsk Ussurijsk. Ĉeestas kolonelo de la ĉeĥa legio, unu franca samideano, du anglaj kaj unu amerika soldatoj. Poste la gastoj kaj la mastroj iras en la kafejon.

"저는 이렇게 수많은 남자 사이에 오래 있고 싶지는 않은데요."

보가티레바 여사가 미소를 지으며 쿠라토프에게 말한다.

"저 사람들도 오래 계시는 것을 바라지 않을걸요."

그리고 쿠라토프는 농담을 하고 나서 웃는다.

"찬사를 보내주셔서 고맙군요. 당신, 당신, 아주 늙었지만 젊은 마음씨!"

그러나 잠시 뒤 그녀는 벌써 쿠라토프 씨에게 우정으로 평화로운 미소를 보낸다.

에스페란티스토들은 (아, 이 사람들노 아주 많구나!) 까페 앞에 기다리고 있다. 그들은 새 멜로디로 된 에스페란토 찬가를 부르고 있다. 그들 가운데 한 사람이 손님들에게 대표로 인사한다. 니꼴스크 우수리이스크에서 온 사람뿐만 이니라 다른 손님들도 있다. 체코 군단의 대령, 프랑스 동지 한 사람, 영국 군인 둘, 한 사람의 미국 군인도 참석해 있다. 그 뒤 모두 까페 안으로 들어간다.

Simpla kazerna ĉambro kun du longaj tabloj, kvar benkoj, kelkaj seĝoj. Ne ĉiu povas havi sidlokon. Ne gravas! Sur la muroj estas murgazeto. Ĝi havas grandlitere la novaĵojn en la esp. movado. Ankaŭ verda standardo kaj diversaj bildoj pendas sur la muroj. Sur la tabloj kuŝas diversaj esp. gazetoj, kiujn sinjoro

Vonago donacas ĉiumonato al la grupo. La plej interesa objekto estas la "Verda Stelo", kiu tute ne estas stelo, sed monata gazeto de la militkaptitoj. La plej bonaj esperantistoj de la militkaptitejo redaktas, skribas, per bildoj plibeligas ĝin nur en unu ekzemplero. Tiuj numeroj de la gazeto estos interesaj objektoj por Esperanto Muzeo, se venos tempo, kiam la esperantistaro havos ankaŭ internacian muzeon.

2개의 긴 탁자, 4개의 긴 의자. 몇 개의 걸상을 갖춘 수용소의 허름한 방이어서 모두가 다 앉을 수는 없다. 그것은 중요하지 않다! 벽마다 벽보가 붙어있다. 이 벽보에는 에스페란토 운동에 관한 새 소식이 큰 글씨로 써 있다. 초록색 깃발과 여러 그림이 벽에 붙어있다. 탁자에 보나고 씨가 에스페란토 단체에서 매달 무료로 보내주는 다양한 에스페란토 잡지가 놓여 있다. 가장 흥미로운 물건은 "초록별" 인데 이것은 진짜 별이 아니라 포로들의 월간지이다. 포로수용소의 가장 훌륭한 에스페란티스토들이 단 1부만 만들어 편집하고, 쓰고, 그림 그려 매우 아름답게 한다. 일련의 여러 호로 발행된 잡지는 에스페란토 계가 국제 박물관을 가질 그 때가 오면, 에스페란토 박물관에 놓일 가치가 있는 물건들이 될 것이다.

Ankaŭ esperantaj libroj estas, sed ili iras de mano al mano. La unua originala verko de Julio

Baghy "Li kaj Ŝi" jam estas tute malpura, la folioj falas el ĝi. La germanaj esperantistoj havas bonajn vortarojn, lernolibrojn. La hungaroj, kiuj ne scias la germanan lingvon, uzas tiun vortaron, kiun la supra verkisto kunmetis kaj mane skribis por ili. Ĝi estas en du ekzempleroj. Unu el ili havas kiel amikan donacon, Ŝaroŝi, lia plej bona fratamiko.

에스페란토 책들도 있지만, 그 책들은 이 사람 저 사람이 돌려가며 읽힌다. 바기의 최초 원작품인 "그와 그녀"도 이미 닳고 달아, 책 페이지들이 널어진 채 있을 정도이다. 독일 에스페란티스토들은 좋은 사전과 교재들을 가지고 있다. 독일 말을 모르는 헝가리 사람들은 율리오 바기가 그들을 위해 손으로 써 놓은 사전을 사용한다. 그 사전은 두 권으로 되어있다. 그들 가운데 한 권은 그의 가장 훌륭한 형제이자, 친구인 샤로쉬가 우정의 선물로 받은 것이었다.

Dum la gaja babilo la kelneroj (nu, ne veraj; unu estas gimnazia profesoro hejme) alportas kafon kun kukoj. La kafo estas en tasoj, kiujn la militkaptitoj faris el ladaj skatoloj do konservaĵoj. Sed la kafo estas vera kaj ne tia, kian la militkaptitoj faris el bruna pano super forta fajro en la rusaj kazernoj. La humoro estas vere tre korkaresa.

즐겁게 대화를 나누고 있는 동안 종업원들이 (저, 실제 종업원은 아니지만, 그중 한 사람은 고향에서 김나지움 교수였다) 과자와 함께 커피를 날아왔다. 그 커피는 포로들이 양철통을 변형해 만든 잔에 담겨 있다. 하지만 커피는 포로들이 러시아 수용소에서 맛보았던, 뜨거운 불로 구운 갈색 빵으로 만든 그런 커피가 아니라 진짜 커피이다. 이러한 분위기는 정말 사람들의 마음을 아주 만족하게 해 주었다.

-Gesamideanoj, dekkvin diversaj nacioj sidas kune en paca harmonio ĉi tie -diras la japana kapitano Oba. -Ĉu ne estas bele, ĉu ne estas esperdone?
-Ho, jes! Vivu Esperanto! -krias la tuta societo.
-Malgranda insulo. La insulo de la Espero en la oceano de la homa malespero -diras Jozefo Mihalik, la hungaro.
-Sed de tiaj malgrandaj insuloj nova forto kaj freŝa energio iros por labori post la fino de la milito -diras Zinner, la aŭstro.
-Ni estas la praktikaj pacifistoj, kiuj ne nur deziras la pacon, sed laboras por ĝi -diras la franca samideano.
-Per amo, per vera homamo ni deziras fari harmonian kunlaboron inter la nacioj -aldonas la ĉeĥa kolonelo.

"동지 여러분, 여기 이 평화로운 분위기 속에 함께 계시는 사람들이 속한 민족은 각기 다른 15개 민족으로 되어있습니다." 일본인 오바 대령이 말한다.

"아름답지 않아요? 희망이 보이지 않습니까?"

"오, 예! 에스페란토 만세!" 모인 사람 모두 외친다.

"작은 섬, 인류의 절망의 바다에 있는 희망의 섬." 요제포 미할리크라는 헝가리 사람이 말한다.

"그러나 그런 작은 섬마다 전쟁이 끝난 뒤 새 힘과 신선한 에너지를 가지고 일하러 모일 것입니다." 진네르 라는 오스트리아 사람이 말한다.

"우리는 실천하는 평화주의자입니다. 우리는 평화를 기원하고 평화를 위해서 일하는 사람입니다." 프랑스 동지가 말한다. "우리는 민족 간에 사랑과 인간애로서 조화롭게 협력을 실천해 나갈 겁니다." 체코 장교가 덧붙인다.

Kaj ĉiu aldonas unu frazon, kiu fine faras laborprogramon por la proksima paca tempo. Ŝaroŝi kantas kelkajn el siaj belaj melodioj, kiujn li komponis por la versoj de J. B.

La maljuna Kuratov per kortuŝaj vortoj dankas al la militkaptitoj pro tiu bela tago, kiun ili faris por la junaj esperantistoj kaj por li, kiu baldaŭ devos doni la standardon al pli fortaj manoj. Ĉe la fino la maljuna poŝtoficisto levas sian dekstran kriplan manon kaj solene petas:

그리고 누구나 다가올 평화의 나날에 자신들이 할 계획을 말끝마다 한 마디씩 덧붙인다.

샤로쉬는 J. B.(율리오 바기)의 시에 곡을 붙인 노래 몇 곡을 아름다운 멜로디로 부른다.

늙은 쿠라토프는 더 힘찬 후배의 손에 에스페란토 깃발을 물려 줘야 하는 자신과, 젊은 에스페란티스토 일행을 위해 이런 준비를 하고, 아름다운 날을 만들어 준 포로들에게 감동의 고마움을 전한다.

-Gesamideanoj, fratoj, fratinoj en la homa familio, ni donu nian honoran vorton, ke per vera kaj paca kulturlaboro ni malhelpos tion, kio faras el la homoj ŝakalojn. Ĉiu laŭ siaj povo kaj talento laboru por vera homa kompreno, por la paca evoluo. Mi restos ĝis la lasta minuto sub la verda standardo.

La momento estas solene kortuŝa. En la unuanima respondo de tiom da soldatoj, kiuj rigardis ne unufoje al la vizaĝo de la Morto kaj kiuj dum tiom da jaroj senpove suferas, nun parolas dolore dolĉa sento: la amo al la tuta homaro.

"인간 가족의 동지 여러분, 형제자매 여러분, 우리는 정말 평화의 문화 사업을 통해 인간이 잔혹해지는 것을 막는데 힘을 바치겠다고 신성한 이름에 맹세합시다. 자신의 능력과 재능에 따라 진정한 인류의 이해와 평화로운 발전을 위해 모두 일합시다. 저는 초록색의 깃발 아래 최후의 순간까지 남아 있을 것입니다."

이 순간은 장엄한 감동을 불러일으킨다. 죽음의 얼굴을 한 번도 아니고 여러 번 보아야 했고 여러 해 동안 어쩔 수 없이 고통을 당하고 있는 그 수많은 군인의 일치된 대답 속에서 고통스럽지만 감미로운 감동 - 온 인류에 대한 사랑- 이 지금 이를 대변해 주고 있다.

-Ni restos fidelaj! Ni laboros! Vivu nia lingvo kaj la memoro de nia Majstro!
Kaj denove eksonas la himno, sed kiel?! La koroj kantas en la vortoj.
-Ho, ĉio, ĉio estas tiel bela, tiel bona, ke mi ne povos longe elteni sen ploro -diras sinjorino Bogatireva -kaj vi, sinjoro Kuratov, vi estas junega maljuna koro.
-Nu, nu, vi denove komplimentas.
-Ne! Tio ne estas komplimento.

"우리는 끝까지 충실히 수행할 것입니다! 우리는 해낼 것입니다! 우리 언어와 대스승 만세."

그리고 또 한 번 찬가가 울려 퍼졌다. 그런데 어떻게? 마음과 마음이 합창의 노래가 마음마다 흘러나온다.

"아, 모두, 모두 정말 아름다워요. 정말이에요. 저는 더 이상 울음을 참을 수 없군요." 보가티레바 여사가 말한다.

"그리고 당신, 쿠라토프 씨. 당신은 아주 젊고도 늙은 마음씨를 가졌어요."

"어, 어, 당신은 또 찬사를 보내주시는군요."

"아니에요! 그것은 찬사가 아니라고요."

En tiu momento unu el la mastroj kun telero da kukoj iras al sinjorino Bogatireva.

-Bonvolu preni, sinjorino. Bonegaj kukoj. La ĉefkuiristo de la oficira kuirejo faris ilin.

-Ho, volonte! Mi havas apetiton por ĝi.

-Sinjorino Bogatireva ĉiam havas apetiton kaj proponon.

-Vere, nun mi rememoras, ke mi volis proponi, se estus eble, montru al ni la ĉambrojn, kie vi, la militkaptitoj loĝas. Mi neniam vidis kazernon interne, nur ekstere.

그 순간 과자를 담은 접시를 든 종업원 한 사람이 보가티레바 여사에게로 온다.

"자, 부인, 들어보세요. 정말 맛있는 과자입니다. 장교 식당의 주방장이 만든 과자입니다."

"아, 정말 입맛이 당기는군요."

"보가티레바 여사는 항상 입맛도, 제안도 갖고 있습니다."

"정말, 이제 다시 생각나는데, 가능하다면 제안을 하나 하고 싶습니다. 여러분이 생활하시는 곳을 보여주십시오. 저는 한 번도 수용소 안의 병영으로 들어가보지 못했거든요. 단지 바깥에서만 보았을 뿐."

-Nu, kion mi diris? Proponon ŝi ĉiam havas.

-Volonte kaj tre facile ni povos realigi vian deziron. Estis en la programo, ke post la kafeja kunveno ni montros al la gastoj la internon de la kazernoj kaj ni vizitos ankaŭ la hospitalan domon, kie unu el niaj tre bonaj samideanoj nun kuŝas malsana.

-Ĉu li estas grave malsana?

-Verdire, ni ne havas multe da espero pri lia reiro al la hejmlando.

-Ho. Ia malfeliĉa homo! Ĉu ni ĉiuj vizitos lin?

-Nur tiu, kiu deziros. Tiu vizito certe tre ĝojigos lin.

-Mi tre volus viziti lin -diras Kuratov.

-Kaj ankaŭ mi -aldonas sinjorino Bogatireva.

"음, 제가 뭐라고 했습니까? 이분은 언제나 제안을 잘 합니다."

"기꺼이 그리고 아주 쉽게, 우리는 제안을 실현시켜 드릴 수 있습니다. 까페 모임이 끝나면, 저희는 손님들에게 수용소의 내부를 보여드리고, 가장 훌륭한 동지 한 사람이 지금 병환으로 누워 계시는 병원도 방문할 수 있도록 계획을 마련해 놓았습니다."

"중환자인가요?"

"사실대로 말하자면, 저희가 보기에 그가 고국으로 되돌아갈 희망은 거의 없어요."

"오, 불쌍한 사람! 우리 모두 그를 방문하나요?"

"원하시는 분만. 그분은 정말 기뻐할 것입니다."
"저는 그분을 꼭 만나보고 싶은데요." 쿠라토프가 말한다.
"그리고 저도." 보가티레바 여사가 거든다.

Post nelonga tempo la gastoj levas sin. En bona humoro ili foriras el la kafejo por rigardi la internon de la kazernoj. La sinjorinoj malĝojas pro tio, kion ili vidas, sed Nadai pensas pri la subteraj malpuraj kazernoj en Tockoe, kie dum unu vintro pli ol okmil militkaptitoj mortis el deknaŭmil kaj iliaj kadavroj sen enterigo staris longajn monatojn en la frosto ekster la kazernoj. Li vidas ĉi tie purecon kaj bonfarton. Vere, la japanoj home zorgas pri siaj militkaptitoj, kiujn ili transprenis de la rusoj.

오래지 않아 손님들이 일어선다. 손님들은 만족한 모습으로 병영 내부를 둘러보려고 까페에서 나온다. 부인들은 자신들이 본 것을 슬퍼하지만, 나다이는 뜨쯔꼬예에 있던 지하의 더러운 병영이 생각난다. 그곳에서 한 해 겨울을 지나면서 1만 9천 명 가운데 8천 명 이상이 죽었고, 더구나 매장도 하지 않은 채, 그 시신들은 엄동설한의 수용소 바깥에 여러 달 동안 방치되어 있었다. 그는 여기가 잘 지내도록, 깨끗하게 되어있는 것을 본다. 정말로 일본인들은 자신들이 러시아 측으로부터 인수한 포로들을 인간적으로 대하고 있다.

La vizito en la hospitalo estas mallonga. La malsanulo ĝojas. Li premas forte la manon de ĉiu. Kun granda espero li parolas pri tio, ke post sia hejmeniro li laboros nur por Esperanto, ĉar la plej belajn tagojn kaj sentojn en la vivo li povas danki nur al tiu ĉi lingvo kaj al la bonaj gesamideanoj. Li parolas multe, multe, pri la Vivo, sed en lia rigardo, sur lia pala vizaĝo jam estas la antaŭsignoj de la proksima fino. Ĉiu parolas al la malsanulo, nun sinjoro Kuratov restas muta. Liaj okuloj direktiĝas al tre malproksima bildo. Li forte premas la manon de la malsanulo kaj rapide forlasas la ĉambron.

병원 방문 시간은 짧았다. 그 환자는 아주 좋아했다. 그는 찾아온 모든 사람의 손을 강하게 잡는다. 그는 커다란 희망을 안고 자신이 고향으로 돌아가면 오직 에스페란토를 위해 일하겠다고 말한다. 왜냐하면, 그의 삶에 있어 가장 아름다운 감동의 나날을 가짐이 바로 이 언어와 이 훌륭한 동지들에게만 보답하는 길이기 때문이다. 그는 삶에 대해 실로 많은 이야기를 했지만, 그의 시선과 창백한 얼굴에는 벌써 가까이 다가온 마지막 전조가 보인다. 모두 그 환자에게 한 마디씩 위로의 말을 하지만, 쿠라토프 씨만 말이 없다. 그의 눈은 아주 먼 곳으로 향해 있다. 그는 환자의 손을 세게 잡고 작별인사를 하고는 급히 그 방을 빠져나온다.

Antaŭ la hospitalo la du aŭtomobiloj jam atendas la gastojn por veturigi ilin al la urbo. La adiaŭo estas pli intima, pli amika ol la alveno. Sinjorino Bogatireva invitas ilin al Nikolsk Ussurijsk. La militkaptitoj dankas, sed ili dezirus ne havi tempon por la vizito. Ĉiuj deziras iri nur al unu loko: al la patra domo en la fora patrolando.

　병원 앞에는 2대의 자동차가 손님들을 도시로 데려가기 위해 멈춰있다. 작별할 때는 도착 때보다 더 돈독한 우정이 들어 있다. 보가티레바 여사는 그들을 니꼴스크 우수리이스크로 초대한다. 포로들은 고맙게 여기지만, 그들은 방문할 시간을 갖지 않았으면 하고 더 바란다. 모두 한 곳만 가고 싶다. 머나먼 조국의 아버지가 계시는 집으로.

La aŭtomobiloj haltas en la haveno ĉe la bordo. kie la granda japana militŝipo staras. Kapitano Oba petas la tutan societon "esti liaj gastoj". Ĉiuj tre ĝojas. La ŝipo estas interesa. Ĝi ne estas nova. En la rusa--japana milito ĝi estis rusa militŝipo kiun la japanoj subakvigis kaj post la milito ili relevis kaj renovigis.

En la kapitana kajuto la gastojn denove atendas tablo kun japanaj manĝaĵoj kaj trinkaĵo, kiun la japanoj nomas "sake". Maristoj servas ĉe la tablo. Unue al la viroj, poste al la virinoj. Estas japana etiketo.

Post gaja konversacio, antaŭ la foriro, kapitano Oba prenas skatolon el ŝranketo kaj metas ĝin sur la tablon.

자동차들은 큰 일본 군함이 서 있는 항구의 해변에 멈춘다. 오바 대령은 모든 사람을 "자신의 손님이 되어주기를" 청했다. 모두 아주 좋아했다. 배는 흥미롭다. 새로운 것이 아니라 러시아-일본 전쟁 때는 러시아 군함으로 싸웠지만, 일본군이 침몰시켰던 것을 전쟁 뒤에 일본인들이 다시 건져 올려, 다시 건조한 배이다.

대령의 선실에는 "사케"라고 부르는 술과 음식들이 있는 식탁이 기다리고 있다. 해군 병사들이 이 식탁을 시중들고 있다. 먼저 남자들에게, 나중에 여자들에게. 일본식 예절이다.

즐거운 대화가 오간 뒤, 작별하기에 앞서 오바 대령은 작은 장롱에서 상자를 끄집어내어 식탁 위에 올려놓는다.

-Gesinjoroj, -li diras -mi vidas, ke vi ne havas esperantajn insignojn. En via urbo vi ne povas aĉeti. Akceptu de mi donacon por via grupo. En la skatolo estas kelkdekaj da belaj verdaj steloj.

-Ni dankas, sinjoro kapitano, sed ni estas nur dekdu.

-Ne grave! Sed vi ne restos tiom. Via grupo estos granda kaj ĝi havos multajn novajn membrojn ... Sinjoro Vonago parolis al mi pri via bela propaganda mateno. La propagando devas havi monon. Akceptu tiun malgrandan sumon por via propaganda kaso. Mi estas ne riĉa oficiro. Pli multe mi ne povas doni, sed tion mi donas bonkore.

Kuratov ne volas akcepti la mondonacon, sed kiam ankaŭ sinjoro Vonago kuraĝigis lin, li dankas en la nomo de la grupo al la kapitano pro lia boneco.

"여러분," 그는 말한다. "여러분들은 에스페란토 배지가 없더군요. 여러분의 도시에서는 구할 수도 없습니다. 여러분의 모임을 위한 선물로 받아 주십시오. 이 상자에는 수십 개의 아름다운 초록별이 들어 있습니다."

"감사합니다. 대령님, 그러나 우리는 열 두 사람입니다."

"괜찮아요! 그러나 당신들은 이것도 모자랄 것입니다. 여러분 모임은 곧 커질 것이고, 새로운 수많은 회원을 확보하게 될 것입니다.....보나고 씨가 제게 여러분의 아름다운 에스페란토 보급의 아침에 대해 말했습니다.

그 보급에는 돈이 있어야 됩니다. 여러분의 보급 경비로, 이 조그만 성의를 받아 주십시오. 부유한 장교는 아니라서 더 많이 줄 수는 없지만, 이것을 기꺼이 내놓고 싶습니다."

쿠라토프 씨는 기부금을 받지 않으려 했으나, 보나고 씨가 그에게 용기를 북돋아 주었을 때, 그는 대령의 선의를 단체의 이름으로 감사했다.

Kapitano Oba jam ne povas forlasi la ŝipon kaj tial ĉe la vespera vagonaro sur la perono diras "ĝis revido"-n nur sinjoroj Vonago kaj lia helpnotario, kiu transdonas grandan pakaĵon al la gastoj.

-La donaco de nia societo al la nova societo en Nikolsk Ussurijsk. 35-40 libroj, el kiuj nia biblioteko havis du aŭ pli da ekzempleroj kaj multe da malnovaj gazetoj tre diversaj el la tuta mondo. Ili bone servos en la propagando.

오바 대령은 이제 배를 떠나 동행해 줄 수 없다. 이 때문에 플랫폼의 저녁 열차에는 보나고 씨와 그의 직원인 공증인보 둘만 그들과 작별의 정을 나누었다. 그 공증인보는 손님들에게 큰 꾸러미를 건네준다.

"우리 협회가 니꼴스크 우수리이스크의 새 협회에게 주는 선물입니다. 우리 도서관 소장 도서 중 같은 책자가 두 권 있거나, 두 권 이상 있는 책 중에 35-40권과, 전 세계에서 보내온 아주 다양한 많은 옛 잡지입니다. 이것들은 보급에 아주 큰 도움이 될 것입니다."

La vagonaro ekiras. Du verdaj standardetoj (unu sur la perono, la alia el la fenestro de kupeo) salutas adiaŭe unu la alian. La vagonaro kuras, kuregas. Eĉ la lampoj de la urbo jam estas for. La vagonaro kuras, kuregas, sed la membroj de la malgranda ekskurso havas varman lumon en la koro kaj en tiu lumo ili revidas la karajn vizaĝojn, kiujn ili vidis la unuan kaj eble la lastan fojon en la vivo.

열차가 출발한다. 두 초록색 깃발도 (하나는 플랫폼에서, 다른 하나는 열차 좌석의 창가에서) 서로 작별인사를 한다. 기차는 달리고, 또 달린다. 도시의 불빛조차도 이미 저 멀리에 있다. 기차는 달린다. 빨리 달린다. 하지만 그 조그만 소풍에 참가한 이들은 마음속에 따뜻한 빛을 가지고, 이 빛으로 그들은 삶에 있어서 처음이자 아마 마지막이 될지도 모르는 그 고귀한 얼굴들을 다시 생각하고 있다.

En la duonlumo de la kupeo Marja prenas la manon de Nadai kaj kisas ĝin. Nadai nekomprene kaj kun granda embaraso rigardas al ŝi.

-Kion vi faras? Vere mi ...

-Ankaŭ mi volis danki al vi pro la donaco.

-Sed mi donacis al vi nenion kaj se eĉ mi donacus...

-Jes, vi donacis multon al mi. Vi instruis al mi tiun ĉi lingvon, vi instruis senti profunde ĝian spiriton kaj vi donacis al mi kredon ...

-Sed Marja, ne estu tiel infana!

-Ĉu infana? Mi estas tre virina kaj mi devas havi tiun kredon, kiun vi ĉiuj havas. Pensu, amiko, pri tio, ke mi havas kvar gefratojn ... kvar gefratojn malgrandajn kaj tre malsanan patrinon kaj pensu pri la maro ... pri tiu maro, kiu disigos nin por ĉiam ... jes ... por ĉiam.

그다지 밝지 않은 좌석에서 마랴는 나다이의 손에 입을 맞춘다. 나다이는 이해하지 못한다는 듯이 아주 당황스럽게 그녀를 쳐다본다.

"무슨 일입니까? 정말 나는...."

"저도 선생님의 선물에 감사하고 싶었어요."

"그러나 내가 선물을 준 것도 없으며, 혹시 내가 선물을 주었다 하더라도..."

"예, 선생님은 제게 많은 것을 선물로 주었어요. 선생님은 제게 이 언어를 가르쳐 주셨고, 그 언어의 정신을 깊이 느낄 수 있도록 가르쳐 주셨고, 제게 믿음을 선사했으며..."

"그렇지만 마랴, 어린애같이 행동하지 말아요!"

"어린애라고요? 저도 이미 여자라구요. 저는 우리 모두가 갖고있는 그런 믿음을 가져야만 해요. 생각해 보세요. 선생님, 제가 네 명의 동생을 데리고 있다는 것을... 그 작은 4명의 동생과 아주 편찮으신 어머니를 생각해 보세요. 그리고 저 바다에 대해서... 우리를 영원히 이별하게 만들 저 바다를 생각해 보세요... 예... 영원히."

-Ho, Marja ...
-Silentu! ... Mi ne estos malgaja. Ni havas saman vojon, saman senton ... kaj ne forgesu vian ... vian stultan lernantinon.
-Ne, ne, Marja! Neniam!
-Neniam ... neniam ... neniam ...
Kaj la vagonaro kuras, kuregas en la nokto.
"아, 마랴....."
"말하지 마세요!... 저는 슬퍼하지 않아요. 우리는 똑같은 길에 있음을, 똑같은 느낌이에요... 그리고 잊지 말아 주세요. 선생님의... 선생님의 어리석은 여학생을요"
"그럼, 그럼요, 마랴! 결코..."
"절대로...잊지...않을 거예요..."
그리고 그 야간열차는 어둠 속으로 달리고 또 달린다.

Ĉapitro 8: Fabelo de Iĉio Pang
이치오 팡의 동화

La vizito en Vladivostok, la ofta rakontado pri ĝi plifortigis la volon de la membroj, pligrandigis la entuziasmon, donis bonajn ideojn por fari la kunvenojn pli amuzaj, pli agrablaj. Vere, la dimanĉaj matenoj montras progreson. La membroj deklamas poemojn, rakontas anekdotojn, prezentas dialogojn el teatraĵoj kaj ili kune kantas. Nadai portis kelkajn melodiojn kun si el Vladivostok. La juna societo havas eĉ propran grupan kanton: "Nova Sento, salutas kore vin ni kune ..."

블라디보스톡 방문. 이 도시를 방문한 이야기가 자주 회원들의 입에 오르내리자, 회원들의 의지는 더욱 단단하게 되었고, 열성도 더욱 커졌으며, 모임도 더 재미있고 즐거웠다. 실로 일요일 아침마다 한 단계 발전을 느낄 수 있다. 회원들은 시를 낭송하고, 미담을 이야기하고, 연극 대사를 연습하기도 하고, 노래도 함께 부른다. 나다이는 블라디보스톡에서 돌아올 때 악보 몇 개를 가져왔다. 이 신생 협회는 협회의 노래를 하나 갖춘다. "새로운 감동, 우리 모두 진심으로 인사하네".

La dimanĉaj kunvenoj donas ĉiam novan laboron al la fantazio de Iĉio Pang. Li ŝategas tiujn amuze instruajn kunvenojn. Antaŭ nelonge Nadai deklamis poemon, kiun tradukis lia samlandano d-ro K. Kalocsay el la hungara lingvo. Tiu poemo aperis en granda esperanta gazeto kaj ties unu ekzempleron Nadai trovis sur la tablo de la "Esperantista Kafejo" en Pervaja Rjeĉka. Iĉio tre interesiĝas pri poemoj kaj li vere ĝojis, kiam Nadai entuziasme parolis pri tiu poemo, pri la poeziaj reguloj kaj pri la diversaj formoj de la sentesprimado kaj pri la nova poeta talentulo, kiu jam nun majstre povas uzi la lingvon.

일요 모임은 언제나 이치오 팡의 환상에 새로운 생각을 불어넣어 준다. 그는 즐겁게 잘 가르쳐 주는 이 모임이 썩 마음에 든다. 며칠 전, 나다이는 같은 나라사람인 칼로차이(K. Kalocsay)박사가 헝가리어에서 번역한 에스페란토시를 낭송했다. 그 시는 유명한 에스페란토 잡지에 실렸으며, 나다이가 그 실린 잡지를 뻬르바야 르예츠까의 그 "에스페란티스토 까페"에서 찾아냈다. 이치오 팡은 시에 대한 관심이 많다. 나다이가 이 시와, 시의 규칙, 감정 표현의 다양한 방식과, 그리고 벌써 대스승처럼 이 언어를 사용할 줄 아는, 이 시적 재능을 가진 새 인물에 대해 열성적으로 말해 줄 때, 이치오 팡은 정말 기분이 좋았다.

-La lingvo estas muzika instrumento de la

homaj sentoj -diris Nadai. -La perfekteco de la lingvo dependas de la artista perfekteco de ĝiaj uzantoj. Ĉion oni povas esprimi per nia lingvo, sed ne ĉiu povas uzi egale arte la muzikan instrumenton. En Esperanto la vortoj havas sentmuzikon same, kiel en la aliaj lingvoj, ĉar homaj sentoj nutras ĝian lingvan evoluon.

"언어란 인간의 감정을 음악적으로 표현하는 도구입니다." 나다이가 말했다. "언어의 완벽성은 그 언어의 사용자들이 가지고 있는 예술적 완벽성에 달려 있습니다. 우리말로도 모든 것을 표현할 수는 있지만, 모두 똑같이 예술적으로, 그 음악적 도구를 사용할 줄 아는 것은 아닙니다. 에스페란토 낱말들은 다른 언어와 마찬가지로 감정의 음악성이 있습니다. 왜냐하면, 인간의 감정은 그 언어 발전에 영양분이 되어 주기 때문입니다."

Iĉio Pang ĉiam volonte rememoris pri la instruoj de Nadai, kaj li klopodis ankaŭ praktiki ĝin. "Ĉion oni povas esprimi per nia lingvo." Ĉu vere? Veki sentojn, semi pensojn, pentri bildojn. Ĉu ankaŭ imiti diversajn sonojn? Iĉio Pang pensas pri tio, kiam li aŭdas la muzikon kaj kantadon de la ĉinaj aktoroj en la apuda teatro. Li komencas kanti kun la aktoroj kaj zorge serĉas la sonimitajn vortojn en la lingvo. La strangaj ĉinaj sonoj iom post iom havas formon en la nova lingvo. La eksperimenta ludo amuzas lin.

이치오 팡은 언제나 나다이의 가르침을 곧잘 기억해 두고 있었으며, 이를 실천해보려고 노력했다. "모든 것을 우리 말로도 표현할 수 있다." '정말일까? 감동을 불러일으키는 것, 생각을 해내는 것, 그림을 그리는 것, 다양한 소리를 모방하는 것까지도?' 이치오 팡은 집 근처 극장에서 이루어지는 중국 배우들의 음악과 노래 소리를 들을 때, 그 점을 생각한다. 그는 그 배우들의 노래를 따라 부르면서 에스페란토로 이 노랫소리를 모방하는 낱말들을 찾는 일에 열심이다. 이상한 중국어 소리는 새 언어로 조금씩 형태를 갖춘다. 그 실험적인 놀이로 그는 즐겁다.

Petro Koluŝ sidas ĉe la tablo en la ĉina komercejo, sed li ne atentas sian junan amikon. Li havas agrablan laboron: instrui Sunfloron pri la lingvo. Ŝi ne havas la talenton de sia frato, tamen ŝia entuziasmo ne estas malpli ol la lia. Kiam la "Amiko" parolas, ŝi tre atente aŭskultas lin, sed hodiaŭ petola penso forprenas ŝian atenton. La Amiko sidas sur barelo de sekaj marfiŝoj, ŝi staras apud li kaj ili ambaŭ estas egale altaj. Jes, egale altaj. La du kapoj estas tiel proksimaj unu al la alia! Ŝi nevole ekridas.

페트로 콜루쉬는 중국인 가게 안의 탁자에 앉아있지만, 자신의 젊은 친구에게는 관심이 없다. 그는 순플로로에게 에스페란토를 가르치는 일에 즐거워하고 있다. 그녀는 오빠가 가지고 있는 재능에는 따르지 못하지만, 그녀의 열성은 오빠보다 덜하지 않다. "아미코"가 말할 때, 그녀는 주의 깊게 그의 말을 듣지만, 오늘 그녀는 장난스런 생각 때문에 주의가 산만하다. 그 아미코가 건어물을 담은 통 위에 앉고, 그녀는 그 옆에 서 있다. 그러한 두 사람의 키가 똑같다. 맞다, 똑같은 높이다. 두 사람 머리가 서로 아주 가까워 있다! 그녀는 내키지 않는 듯 웃는다.

-Ĉu vi ne atentas, Sunfloro?
-Sunflolo atentas.
-Bone! Legu denove la frazon!
-Jes ... -ŝi longe serĉas per la okuloj kaj per fingreto, sed ŝi ne trovas la frazon. -Mi ne scias. Kie?
-Kion mi diris? Vi ne atentis.
-Amiko kolelas?
-Ne! Mi ne koleras ... kaj lernu jam tiun malfeliĉan sonon "r". Ankaŭ Iĉio lernis ĝin.
-Amiko kolelllas.
"집중 안할래요, 순플로로?"
"순플롤로 집중한다."
"좋아요! 그럼, 다시 이 문장을 읽어요!"

"예…" 그녀는 한참동안 읽을 문장을 눈으로, 손으로 찾지만 못 찾는다. "몰라, 어디?"
"내가 뭐라고 했어요? 주의를 기울이지 않았어요."
"아미코, 화난다?"

-Amiko ne kolerrras -kaj Kaluŝ bonkore ekridas, prenas ŝian maneton. Ho, kiel malgranda ĝi estas. Ŝiajn du manetojn li povus kaŝi en unu sia mano. Li dezirus diri belan komplimenton, kiam io neordinara, io stranga haltigas la belan frazon. La manplato de Sunfloro estas tute ruĝa.
-Kio estas tio? -- li demandas.
-Manplato.
-Mi scias. Sed kial ĝi estas tiel ruĝa?
-Sunflolo falis ĝin luĝa pel papelo luĝa.
-Sed kial, Sunfloro, vi faris ĝin ruĝa?
-Sunflolo voli viziti teatlo. Eleganta ĉina vilino falas manplato luĝa. Jes.
-Ho, tiel malbeligi vian belan maneton! Malsaĝe! Sunfloro rigardas jen al Koluŝ, jen al siaj manplatoj. Post momentoj ŝi malgaje demandas:
-Ĉu al Amiko ne plaĉas luĝa manplato de Sunflolo?
-Ne tre -respondas li sincere -sed tio estas ĉina etiketo.

"아냐 내 화 안났어요..... 그리고 저 불쌍한 소리 "로(R)"를 더 배워요. 오빠도 해냈다고요."

"아미코, 화나 -ㄴ-다-"

"아미코는 화나지 않았어요."

그리고 콜루쉬는 너그럽게 웃음을 짓고, 그녀의 손을 잡는다. 아, 손은 너무 작다. 그가 그녀의 두 손을 한 손에 다 숨길 수 있을 정도다. 그는 이 소녀에게 아름다운 칭찬을 해주고 싶었다. 그런데 그때, 뭔가 특별하고, 이상한 것이 그 아름다운 칭찬의 말을 멈추게 만들었다. 순플로로의 손바닥은 아주 붉다.

"이것이 무엇이지요?" 그가 묻는다.

"손바닥."

"알았어요. 하지만 이 손바닥이 왜 붉어요?"

"순플롤로 붉은 종이 만져 그렇다."

"그런데 순플로로, 왜 손바닥을 붉게 만들었어요?"

"순플롤로 극장가고 싶다. 우아한 중국여자 손 붉게 물들인다. 그렇다."

"에이, 예쁜 손을 이렇게 추하게 만들다니! 바보같이!"

순플롤로는 콜루쉬와, 손바닥을 번갈아 쳐다본다.

"아미코, 순플롤로 붉은 손바닥 싫어?"

"꼭 그렇지는 않지만, 그것은 중국 예의범절이니." 그는 솔직히 대답한다.

Ili daŭrigas la lernadon, sed la atento de Sunfloro estas for kaj Koluŝ baldaŭ liberigas ŝin. Ŝi retiriĝas en la alian ĉambron. Iĉio Pang ankoraŭ staras ĉe la fenestro kaj ĉiam kantas ian strangan melodion.

-Iĉio, ĉu vi deziras fariĝi kantisto en la teatro?

-Atendu! ... pomp pomp pomp ĉin ĉin pomp aoio ieao sise sosi ... Atendu, tuj mi estos preta, Amiko -kaj li kantas plu.

-Mi ne komprenas.

-Negrave! Tuj mi estos preta.

-Nu, tiu "tuj" ankoraŭ alvenis post kvarona horo, sed tiam Iĉio Pang ĝaje ekkrias.

-Aŭskultu, Amiko! -Li komencas prezenti sian kreaĵon. Li kantas la tutan versaĵon laŭ ĉina melodio.

그들은 배움을 계속하지만, 순플로로의 관심을 더 붙잡아 둘 수는 없다. 콜루쉬는 그녀를 곧 자유롭게 한다. 그녀는 다른 방으로 물러간다.

이치오 팡은 아직도 창가에 서 있으며, 언제나 이상한 멜로디로 노래한다.

"이치오, 극장 가수가 되고 싶어?"

"잠깐만요! 폼프 폼프 폼프 친 친 폼프 아오 이오 이에아오 시세 소시.....

기다려요, 곧 끝낼게요. 아미코."

그리고 나서 그는 계속 노래한다.

"이해할 수 없군."

"괜찮아요! 곧 다 되어가요."

그런데 그 "곧"이 15분이나 지난 뒤에야, 이치오 팡은 탄성을 터뜨린다.

"들어보십시오, 아미코!"

그는 자기가 만든 것을 보여준다. 그는 중국 멜로디에 따른 작품을 노래한다.

Pomp', pomp', pomp', pluma pomp';	화려, 화려, 화려함과 깃털같은 화려함이여
ĉin', ĉin', ĉin' kaj ĉinin' sana sentas sin sen sun'	우리, 우리, 중국사람 남자여자는 해 없이 건강하네.
en la lula lum' de l' lun' ...	고운 달님의 달빛 아래서....

Lin gonglango longe logas,	중국 남자에겐 징소리가 오래 유혹하네.
ĉin' ĉininon al si vokas.	곡조는 징소리로
Ton' gonga, son' longa ...	그 소리는 오래, 오래...
Ĉinon ĉenas la ĉinin',	중국여인은 중국남자를 가둬놓네.
pip' opia kaj la ĝin'.	술과 아편 담뱃대로.

-Nu, kiel plaĉis al vi, Amiko?

-Nu, interesa ĉina kanto ĝi estis, sed eĉ unu vorton mi ne komprenis.

-Ĉu vere ne? -kaj Iĉio Pang ridas laŭte kaj longe. -Mi kantis esperantlingve.

-Ĉu?

-Jes! Mi imitis la sonojn de la ĉinaj lingvo kaj muziko per Esperanto. Via nekompreno montras, ke nia instruisto estas prava. Per nia lingvo oni povas fari ĉion. Mi donis iluzion al vi pri tio, pri kio mi volis: pri la ĉina lingvo.

En tiu momento revenas Sunfloro kaj senvorte haltas antaŭ Koluŝ. Ŝi longe rigardas al liaj okuloj, poste subite ŝi montras siajn manplatojn al li.

-Ĉu al Amiko plaĉas tiel?

La manplatoj estas tute puraj. Ŝi forigis la ruĝan koloron de ili. Koluŝ sentas, kvazaŭ tiuj manetoj nun karesus lian koron.

"어때요, 맘에 들지요, 아미코?"

"음, 흥미있는 중국 노래이긴 하지만, 한 마디도 이해할 수 없는 걸."

"정말 이해할 수 없어요?"

그리고 이치오 팡은 한참 활짝 웃는다.

"저는 에스페란토말로 노래했는데요."

"그래?"

"예! 저는 중국말에서는 소리를 따오고 에스페란토에서는 음악을 모방했어요. 당신이 이해 못 한다는 것을 보니 우리 선생님이 하신 말씀이 맞군요. 우리말로도 모든 것을 할 수 있다구요. 중국말에 대한 환상을 당신에게 말해 주고 싶었어요." 바로 그때 순플로로가 되돌아와 말없이 콜로쉬 앞에 멈춘다. 그녀는 한참 그의 눈을 쳐다보고 나서, 조용히 그에게 손바닥을 내민다. "아미코 마음에 들어?"

그 손바닥은 완전히 깨끗해져 있다. 그녀는 손바닥의 붉은 색을 다 지웠다. 콜로쉬는 이 작은 손이 지금 자신의 마음을 어루만지고 있는 것처럼 느낀다.

-Kisinde belaj ili estas nun, Sunfloro -li diras.
-Ili -similas … ili similas … eh, mi ne estas poeto, sed mi diras al vi, ke ili estas tre belaj … Tamen mi pensas, ke vi estas ĉinino kaj en la teatro la aliaj ĉininoj same …
-Nun mi ne pensas pli ili.
-Sed vi devus pensi pri ili.
-Ĉu Amiko venos en la teatlo?
"지금 이 아름다운 손에 뽀뽀해주고 싶어요. 순플로로,"

그는 말한다.

"이 손들은… 이 손들은… 에이, 나는 시인이 못되는가 봐. 하지만, 이 손이 아주 아름답다는 것을 말해주고 싶어요…… 그렇지만 순플로로도 중국여자이고, 극장에서 다른 중국여자들도 똑같이…."

"나는 지금 그 사람들 생각 안한다."

"그러나 그들은 생각해야 되요."

"아미코 극장에 온다?"

-Mi ne komprenas la teatraĵon en via teatro. Foje mi estis tie kun nia amiko Nadai. Ankaŭ li komprenis nenion.

-Venu, Amiko! Mi dilos al vi, kio signifas la ludo de la aktoloj.

Iĉio Pang, kiu ĝis nun staris flanke kaj rigardis la Amikon kaj sian fratinon, subite aliĝas al la peto de Sunfloro.

-Venu, Amiko! Por faciligi la aferon al vi mi rakontos jam nun la enhavon de la teatraĵo.

-Venu! Sunflolo dezilas, ke la Amiko venu. -- Ŝia mano karese tuŝas la bruston de Koluŝ.

-Nu, bone! Sed la enhavon ...

-Tuj mi rakontos al vi. Eksidu ambaŭ! Ni havas tempon.

"나는 당신 극장에서 하는 연극을 이해할 줄 몰라요. 가끔 나는 친구 나다이와 함께 그곳에 갔지요. 역시 아무것도 이해할 수 없었어요."

"아미코, 와! 내가 그 배우들의 연극 뜻을 설명해 준다."

지금까지 옆에 서서 아미코와 제 누이를 쳐다보고 있던 이치오 팡은 순플로로의 요청에 갑자기 힘을 모아 준다.

"아미코, 와요! 연극의 이해를 돕기 위해 내가 그 연극 내용을 지금 이야기해 줄게요."

"와! 순플롤로 아미코 온다는 것 바란다."

그녀의 손은 콜루쉬의 가슴에 살며시 댄다.

"그럼 좋아요. 하지만 그 내용이..."

"제가 곧 설명해 드릴게요. 둘 다 앉아요! 우리는 시간이 있어요."

Koluŝ eksidas sur la barelon. Sunfloro eksidas sur la tablon. Iĉio Pang prenas lokon por si sur malalta seĝeto. Li longe pensadas, kelkfoje rigardas al ili.

-Amiko, vi devas scii, ke niaj teatraĵoj ofte havas pli ol cent aktojn kaj oni ludas ilin dum semajnoj. Mi ne scias, kiu parto estos hodiaŭ tial mi rakontos la fabelon de la tuta teatraĵo. Eŭropanoj malofte komprenas nian arton, ĉar ĝi estas plena de simboloj. Do, aŭskultu!

콜루쉬는 통 위에 앉는다. 순플로로는 탁자 위에 앉는다. 이치오 팡은 작은 의자 위에 앉는다. 그는 오랫동안 생각하다가, 때때로 두 사람을 쳐다본다.

"아미코, 먼저 알아야 할 것은 우리 연극은 일백 막 이상으로 구성되어 있어요. 수 주간동안 계속해서 공연되어요. 오늘 저녁은 무슨 내용이 될지 모르지만, 그 연극의 동화를 말해 줘야겠군요. 구라파 사람들은 우리 예술을 잘 이해하지 못해요. 왜냐하면, 이것이 상징들로 가득 차 있기 때문이지요. 자, 들어보십시오!

Antaŭ multaj cent jaroj vivis princidino. La

princidino de fabelo ĉiam estas belega. Nia princidino ne apartenis al la belulinoj. Kripla ŝi ne estis, sed centoble plibela knabino troviĝis eĉ en la dometo de la plej simpla kamparano. La princidino ne sciis pri tio.

Ŝiaj haroj estis nek nigraj, nek brunaj, sed sunblondaj. La kombistino de la princidino diris al siaj koleginoj: "Ŝiaj haroj similas al la lino kaj estas tiel akraj, ke ili vundas miajn fingrojn." La kombistino havis tre delikatajn fingretojn.

몇 백년 전에 한 공주가 살았어요. 동화 속의 공주는 언제나 매우 아름답지요. 하지만 우리 공주는 그 아름다운 부류에 속하지 못했어요. 우리 공주는 불구자는 아니었지만, 아주 가난한 농가에서도 그 공주보다 수백 배는 더 아름다운 소녀를 찾아볼 수 있었지요. 하지만 공주는 이 사실을 몰랐어요. 그녀의 머리카락은 검지도 않고, 그렇다고 갈색도 아니고 태양처럼 빛나는 금발이었지요. 공주의 머리를 빗겨주던 시녀는 자기 동료들에게 공주님의 머리카락은 아마(亞麻)같이, 아주 날카로워 손이 베일 정도라고 말했지요. 그 시녀의 손가락은 아주 섬세하였지요.

Ŝiaj okuloj estis rondaj kaj markoloraj. Tiaj strangaj okuloj ne decas al vera ĉina princidino. Ŝia nazo estis iom tro pinta, ŝia buŝo iom tro larĝa, ŝiaj vangoj iom tro ruĝaj kaj ŝia haŭto iom tro rozkolora por vidi en ŝi ĉinan belulinon. Nu, ŝi neniel taŭgis por la gusto de la ĉinaj princidoj, kiuj de tempo al tempo venis al la palaco de ŝia patro.

La maljuna princo multe malĝojis. Li ne povis kompreni, kial la dioj tiel severe punas lin. Li ĉiam estis pia. Li ne forprenis pli de la popolo ol la antaŭaj princoj, kaj li ne senkapigis pli el sia servistaro ol la antaŭaj mastroj kaj tamen... Jes, la dioj koleras je li. Sed ankaŭ li ekkoleris je ili. Li decidis korekti la fuŝlaboron de la kapricaj dioj.

공주의 눈은 둥글고 바다색이었어요. 그런 이상한 눈은 중국 공주에게는 전혀 맞지 않아요. 공주의 코는 너무 뾰쪽하여, 입은 너무 크고, 뺨은 너무 붉고, 살갗은 너무 장밋빛이라 그 공주에게서 중국 미인의 모습을 찾기란 힘들었지요. 어째든, 때때로 아버지의 궁전으로 찾아오는 중국 왕자들의 취향에는 그 공주가 맞지 않았어요.

나이 많은 왕이기도 한 아버지는 아주 슬펐어요. 그 왕은 왜 신께서 자신에게 이렇게 심한 벌을 주는지 이해할 수 없었어요. 그는 항상 신심이 돈독한 사람이었거든요. 이전의 군주들보다 백성들로부터 더 많이 빼앗지도 않았으며, 더 수많은 신하를 참수하지도 않았는데도.... 물론, 신들은 그 왕에게 화를 내고 있었어요. 하지만 그 왕도 신들에게 화를 내게 되었지요. 그

왕은 변덕스런 신들의 잘못된 생각을 고쳐 줄 결심을
했지요.

Li kunvokis la plej famajn magiistojn de la
lando, li akceptis la plej lertajn majstrojn de la
plibeliga arto el malproksimaj landoj. Nokte kaj
tage kun siaj mandarenoj kaj pastroj li
cerbumis, legis dikajn skribaĵojn el antikvaj
tempoj. La magiistoj kaj plibeligistoj venis,
eksperimentis, poste ili konfesis, ke ilia arto
estas sen pova. La mandarenoj kaj saĝuloj
konstatis, ke la antikvaj skribaĵoj scias pri
nenio simila al la afero de la princidino.
　그는 나라 안의 가장 유명한 요술쟁이들을 불러모았
고, 무엇이든지 더욱 아름답게 만드는 기술을 가진, 먼
나라에서 온 가장 훌륭한 예술가들도 영접했지요. 신
하들과 함께 그 왕은 밤낮으로 옛 시대의 두꺼운 책들
을 읽으며 방법을 찾아 나갔지요. 요술쟁이들과 예술
가들이 와서 실험했지만, 그들이 자신의 능력으로는
안 되겠다고 고백했어요. 신하들과 현인들은 그 옛길
들 속에는 이 공주의 문제와 비슷한 점이 하나도 없다
는 것을 확인해 주었지요.

Sed la princidino sciis nenion pri sia malbeleco.
Eĉ kontraŭe! Ŝi estis tre fiera pri sia
eksterordinara beleco. Kompreneble, ĉar ŝia

patro malpermesis paroli pri tio. Li ordonis tuj senkapigi tiun, kiu forgesus pri la etiketa mensogo en ĉeesto de la princidino. Ĉiu homo havis ŝtoneton sub la lango por memorigi sin pri la mortodanĝero.

그렇지만 공주는 여전히 자신의 추한 모습에 대해 알지 못하고 있었지요. 정반대로! 그 공주는 자신의 특이한 아름다움에 대해 자신만만해 있었어요. 물론, 왕은 이것을 말하지 못하도록 해놓았기 때문이지요. 그 왕은 공주 앞에서 예의로 거짓말을 하는 것을 잊고 있는 사람은 당장 목을 베겠다고 명령을 내려놓았지요. 모든 사람은 죽음이라는 위험이 항상 있다는 것을 기억하기 위해 혀 밑에 자갈을 물렸어요.

De mateno ĝis vespero nia princidino rigardis sin en la arĝenta spegulo, en la senmova lageto de la parko. Ŝi pensis, ke la birdoj kantas pri ŝi kaj eĉ la suno pli gaje brilas, kiam ĝi povas vidi ŝin. Ŝi estis feliĉega. Dum ŝia patro sekrete malbenis la diojn, ŝi samtempe dankis ilin pro ilia favoro. Nur tion ŝi ne komprenis, ke princidoj venas, foriras, ĉiu diras belajn komplimentojn, sed neniu el ili deziras edzinigi ŝin.

우리의 주인공 공주는 아침부터 저녁까지 자신의 모습을 은빛 거울이나, 정원의 잔잔한 작은 호수에 비추어 보았으며, 새들이 자기 때문에 노래 부르고, 태양도 그녀를 보고 더 즐겁게 빛난다고 생각했지요. 그 공주는 행복할 뿐이었어요. 그 공주의 아버지가 신들을 몰래 저주하고 있는 동안, 그 공주는 신들의 호의에 감사하고 있었지요. 왕자들이 왔다 가면서 모두가 아름다운 칭찬의 말을 늘어놓았지만, 아무도 그 공주와 결혼하자고 제안하는 이가 없다는 것을 그 공주는 이해할 수가 없었지요.

-Verŝajne mi estas tro bela por veki kuraĝon en ili -ŝi pensis, sed kiam jaro post jaro pasis ŝi komencis malami sian belecon.

Ankaŭ la maljuna princo komprenis, ke batali kontraŭ la dioj estas neeble. Li malgaje pensis pri la sorto de sia sola filino.

Okazis, ke fine la princidino ekveturis per ŝipo. Ĉu por rigardi fremdajn landojn, ĉu por almiliti per sia beleco -edzon, neniu sciis.

Kiam ŝia ŝipo forlasis la propran landon kaj albordiĝis ĉe malproksima urbo, kun sia servistaro ŝi ekiris por promeni.

'필시 내가 그들로부터 용기를 불러일으키기에는 너무 아름다운가 봐.' 그렇게 생각했지만, 해를 거듭할수록 그 공주는 자신의 아름다움을 증오하기 시작했지요. 나이 많은 왕은 신들과 싸우는 것이 불가능하다는 것을 이해했지요. 그 왕은 자신의 외동딸 운명에 대해 슬프게 생각했지요.

　결국 공주는 배로 여행을 떠나게 되었지요. 외국을 방문하기 위해서인지, 자신의 아름다움으로 남편감을 구하기 위해서인지 아무도 몰랐어요. 배가 조국을 떠나 먼 나라의 어느 도시에 정박했을 때, 신하들과 함께 산책하러 나갔어요.

Survoje la homoj haltis kaj rigardis ŝin, balancis la kapon. Baldaŭ diskuris la famo, ke la plej malbela ĉina princidino venis en la landon. Ju pli longe ŝi promenis, des pli multe da homoj akompanis ŝin. La princidino estis tre feliĉa kaj fiera.

-Jen, mia beleco jam almilitas admiron -ŝi diris al sia servistino.

-Jes, via eksterordinara beleco, princidina Moŝto -la servistino komplimentis kaj ŝi sekrete ridis pri ŝia blindeco.

Sur la vojo, inter la homoj staris malgranda ĉarma knabeto. Li ne prenis sian rigardon for de la princidino, kiu rimarkis la infanan miron en liaj okuloj. Ĝi tre plaĉis al ŝi. Kun rideto ŝi paŝis al la knabeto.

　길 가던 사람들은 멈춰 서서 그 공주를 바라보며 고개를 끄덕였어요. 곧 소문이 퍼졌어요. 가장 못 생긴 중국 공주가 이 나라에 들어왔다고. 그 공주가 산책을 오래 하면 할수록 더 수많은 사람이 그녀를 따라다녔어요. 공주는 아주 행복했고 자신만만해 있었어요.

"보라, 나의 아름다움이 선망의 대상이 된걸." 그녀는 시녀에게 말했지요.

'아마 내가 그들로부터 용기를 불러일으키기에는 너무 아름다운가 봐.' 그렇게 생각했지만,

"예, 공주님의 특별한 아름다움 때문에." 시녀는 칭찬하면서도 공주의 맹목성에 대해 몰래 웃었지요. 그러던 차에 길에 나와 있던 사람들 사이에 작고 깜찍한 소년이 서 있었어요. 이 소년은 어린애의 호기심을 자극하는 공주에게 여전히 시선을 두고 있었어요. 그 점이 공주의 마음에 든 거지요. 미소를 띠고서 공주는 소년에게로 다가갔어요.

-Kial vi rigardas min tiel, infano?

-Ĉar vi estas tiel... ho, kiel malbela vi estas!

La sincereco de la infano paligis la servistaron de la princidino, kiu subite ekkoleris kaj ordonis al unu el siaj soldatoj:

-La knabo impertinente mensogis. Senkapigu lin! La soldato tuj levis sian larĝan glavon, sed la maljuna mandareno, kiu akompanis la princidinon dum ŝia vojaĝo, haltigis lian manon.

-Haltu! Princidina Moŝto, ni estas en fremda lando. Ĉi tie ne via patro, sed alia princo havas la senkapigan rajton.

-Nu, bone! Ni iru al tiu princo, sed la kapon de tiu mensogulo mi deziras havi.

"애야, 왜 그렇게 나를 쳐다보니?"

"왜냐하면, 공주님은 있죠... 정말 못생겼어요!"

어린아이의 솔직함에 공주의 신하들은 창백해졌고, 공주는 갑자기 울음을 터뜨리며 자기의 군대를 이끄는 한 군인에게 명령을 내렸어요.

"이 소년은 무엄하게도 거짓말을 하는구나. 그의 목을 베라!"

곧, 그 군인은 자신의 긴 칼을 빼어 들었지만, 공주를 수행하넌 한 늙은 신하가 그의 손을 멈추게 했지요.

"멈추게 하세요! 공주마마, 우리는 지금 남의 나라에 와 있습니다. 여기서는 공주님의 아버님이 아니라, 다른 왕자께서 사람을 죽일 권리를 갖고 있습니다."

"그럼 좋아요! 우리가 그 왕자에게로 갑시다. 하지만 저 거짓말쟁이의 머리는 제가 가지겠어요."

-Estus pli bone ne iri, sed reveni al nia ŝipo.

-Mi volas, mi volas, mi volas -kriis la princidino kaj ŝi kolere ekiris.

Kion fari? Ŝi estis princidino kaj la servistaro devis obei al ŝi. La mandareno kondukis la knabeton, kiu apenaŭ komprenis la kaŭzon de la princina kolero. Granda homamaso iris post ili.

La fremda princo, kun etiketo, deca al la

altranga gastino, akceptis kaj demandis ŝin pri ŝia deziro.

-Princo, en via lando unu el viaj subuloj ofendis min. Mi deziras lian kapon.

-Kiu ofendis vin, princidino?

-Tiu ĉi impertinenta knabo.

-Kion li faris?

"그곳으로 가기보단 배로 돌아가시는 것이 현명할 것입니다."

"나는 가고 싶단 말야, 가고 싶단 말야." 공주는 소리치고, 화를 내면서 출발했지요.

어떻게 될까요? 그녀는 공주니까 그 신하들은 그 공주에게 복종해야 했지요. 신하는 공주가 화난 이유를 도무지 모르는 그 소년을 데리고 갔지요. 많은 군중이 그들 뒤를 따랐지요.

그 나라 왕자는 높은 지위의 여자 손님에게 어울리는 예의로 그 공주를 영접하고, 그 공주의 바람을 물었어요.

"전하, 귀국의 백성들 가운데 한 사람이 나를 모욕했어요. 저는 그의 머리를 원합니다."

"누가 공주의 마음을 상하게 했소?"

"이 무엄한 소년입니다."

"저 소년이 무엇을 했단 말이오?"

-Li mensogis. Li diris, ke mi estas tiel … ho, kiel malbela mi estas!

La princo estis maljuna, bonkora kaj tre saĝa.

Lia popolo amis lin kaj volonte servis al li. Nun li metis sian manon sur la kapon de la knabeto kaj rigardis al la okuloj de la kolerruĝa princidino.

-Rigardu, princidino, kiel belan kaj saĝan kapeton li havas!

-Egale! Li mensogis kaj ofendis min. Mi volas lian kapon.

La princo iom pensadis kaj poste li instrue respondis.

-Princidino, mi petas pardonon por la knabeto. Infano ne scias, kion li diras -parolis la bonkora mandareno.

"저 소년이 거짓말을 했어요. 내가 정말로 못생겼다고 말했어요."

그 나라 왕자는 늙었어도 마음씨 곱고, 아주 현명했지요. 그 나라 백성들은 그 왕자를 사랑했으며, 기꺼이 그 왕자를 위해 봉사했지요. 그 왕은 소년의 머리 위에 자기 손을 얹고, 울근불근 화나 있는 공주의 눈에 시선을 주었지요.

"보시오, 공주, 이 소년이 얼마나 아름답고 현명한 머리를 가졌는지를!"

"상관없습니다. 그 소년은 거짓말을 했으며, 나를 화나게 했어요. 나는 그의 머리를 원합니다."

그 왕은 한참 생각하고 나서 훈계하듯이 대답했지요.

"공주, 어린이의 입은 언제나 진실을 말한다는 것을

모르시오?"

Pro la nova ofendo la princidino jen paliĝis, jen ruĝiĝis. Ŝi volis krii, bati, sed ŝi estis vera princidino, kiu ne imitas konduton de la servistinoj kaj tial ŝi fiere levis sian kapon.

-Nun mi revenos al mia patro kaj li donos al vi instruon pri la verdiro. Estu milito! Ne unu, sed multajn kapojn mi deziras. Ankaŭ la vian!

La maljuna princo bonkore ridetis kaj kvazaŭ patre rigardis al ŝi.

또 다른 모욕 때문에 공주는 얼굴이 창백해지다가, 붉어지기도 해졌어요. 그 공주는 소리 지르고, 때리고 싶지만 시녀들의 행동을 흉내내지 않는 진짜 공주이기에, 그 공주는 자신만만하게 고개를 들었지요.

"이제 저는 제 아버지에게로 되돌아가겠어요. 그리고 아버지께서 전하께 진실이 무엇인지 가르쳐 줄 것입니다. 전쟁이 일어날 것입니다. 나는 한 사람이 아닌 여러 사람의 머리를 바랍니다. 전하의 머리까지도!"

그 나이 많은 왕이 여유 있게 미소를 지으면서, 아버지처럼 그 공주를 쳐다보았지요.

-Princidino, mi ne diras, ke vi estas malbela. Beleco estas afero de gusto kaj de kutimo. Sed mi diras, ke vi estas maldanka al la mondo. Jes! La mondo per mensogo plidolĉigis vian vivon, forigis tiun doloron de vi, kiun la vero ofte donas al la homoj. Vi povus esti eĉ la plej bela el la belulinoj, sed konon vi ne havas. Mi esperas, ke via patro ne militos pro mensogo kaj se tamen jes, estu milito! Ni defendos la veron, kiun buŝo de infano diris.

La fiera princidino senvorte kun sia servistaro reiris al la ŝipo kaj ek al la hejmo. Kiam ŝia patro eksciis, kio okazis, li fariĝis kolerega. Li prenis sian larĝan glavon kaj tratranĉis la tablon per sola bato, kvazaŭ ĝi estus la korpo de la najbara princo. Kion fari? Estu milito! La soldatoj armis sin, mandarenoj iris kaj revenis inter la du malamikaj princaj palacoj.

"공주, 나는 공주가 못생겼다고 말하지 않았소. 아름다움이란 취향과 습관의 일이오. 그러나 나는 공주가 이 세상에서 감사할 줄 모르는 사람이라는 것을 말하고자 하오. 그렇지요! 세상은 거짓말로 공주의 삶을 더 달콤하게 했고, 진실이 사람들에게 주는 고통을 사라지게 만들었소. 공주는 미녀들 가운데 가장 아름다울 수도 있지만, 마음은 아름답지 못하군요. 공주의 아버지께서 거짓말 때문에 전쟁을 일으키리라고는 기대하지 않지만 그래도 전쟁을 일으킨다면, 전쟁이 일어나겠지요! 우리는 저 아이가 말한 진실을 위해 싸울 것이오."

그 자신만만했던 공주는 말없이 신하들을 이끌고 배

로 되돌아와, 고국으로 향했지요. 그 공주의 아버지는 그 사건을 전해 듣고는 화를 크게 내었어요. 그 왕은 자신의 큰 칼을 집어, 단번에 탁자를 잘라버렸어요. 마치 이 탁자가 이웃나라 왕의 몸뚱이라도 되는 듯이. 어떻게 될까요? 싸우자! 병사들은 무장하고, 신하들이 두 적대국의 궁전을 왔다 갔다 했지요.

Dume la princidino ne montris sin. Ŝi ploris tage, ŝi ploris nokte, ŝi ploregis unu semajnon, sed poste ŝi komprenis, kion la fremda princo diris: "Vi estas maldanka al la mondo, kiu dolĉigis vian vivon per mensogeto pro bonkoreco." Ŝi komprenis kaj hontis pri sia kaprica kolero.

한편 그 공주는 그 모습을 드러내지 않았어요. 그녀는 밤에도, 낮에도 울고만 있었어요. 그 공주는 일주일이나 대성통곡하고 난 뒤에야 비로소 이웃나라 왕이 말한 바를 이해했어요.

"공주는 선의의 거짓말로 공주의 삶을 달콤하게 만든 세상에 감사할 줄 모르는군요." 공주가 이해하고는 자신의 변덕스러운 화 때문에 부끄러웠어요.

En la lasta momento, kiam la soldatoj jam estis pretaj por iri al la batalo, ŝi kuris al sia patro.
-Patro, kion vi volas fari -ŝi demandis laŭte. Ĉiu povis aŭdi ŝiajn vortojn. -Ĉu militon? Ne

faru! Haltigu la marŝon! La dioj ne helpos viajn armilojn, ĉar vi deziras defendi mensogon. Via blinda amo al mi tenis ankaŭ min en longa blindeco. Sed nun mi vidas kaj … kaj mi ne deziras vivi plu en mensogoj. Mi estas tia, kia min faris la volo de la dioj. Ili scias kial?!

병사들이 전장에 나가려고 준비가 다 된 마지막 순간에, 그 공주는 아버지에게 달려갔지요.

"아버지, 뭘 하려고 하십니까?" 그녀는 큰 소리로 물었지요. 모두 그녀의 말을 들을 수 있었어요.

"전쟁을요? 그렇게 하지 마십시오. 출병을 멈추어 주십시오! 신께서 아버지의 무기들에게 도움을 주지 않을 것입니다. 왜냐하면, 아버지께서는 거짓말을 위해서 싸우려고 하니까요. 아버지의 저를 향한 맹목적 사랑 때문에 저도 오랫동안 장님이 되어 버렸어요. 그러나 저는 이제 볼 수 있습니다. 그리고… 저는 이제 더 이상 그 거짓말 속에서 살고 싶지 않습니다. 저는 신들의 바람대로 만든 그대로입니다. 신들은 이유를 알아요?!"

Ŝiaj vortoj tre plaĉis al la mandarenoj, al la soldatoj, al la popolo, sed ne plaĉis al la princo mem, tamen ŝi tiom multe kaj tiel kortuŝe petis lin, ke fine li cedis al ŝi kaj rezignis pri la milito. La soldatoj "vivu"-is, la mandarenoj konstatis, ke ŝi estas la unua saĝa virino, kiun ili vidis en la mondo kaj multaj el la popolo diris, ke ŝi ŝajnis eĉ bela, kiam ŝi tiel kuraĝe parolis.

공주의 말은 신하, 병사, 백성들의 마음에 들었으나, 왕 자신에게는 마음에 들지 못했지요. 하지만 공주는 그렇게 여러 번 그리고 감동적으로 아버지에게 요청해서 결국 아버지가 딸에게 양보하고 전쟁을 포기했지요. 병사들은 "만세"를 외쳤으며, 신하들은 그 공주를 그들이 본 이 세상의 가장 현명한 여인인 것을 확인했으며, 국민들은 그 공주가 그렇게 용기 있게 말할 때는 정말 아름답기조차 한 것 같았다고 말했지요.

Pasis semajno. La fremda princo vane atendis batalpreta la malamikon. Kiam li eksciis la kaŭzon li multe pensis. Li pensis unu tagon, li pensis du tagojn, li pensis semajnon kaj fine li diris al sia filo, la juna princido.

일주일이 지났지요. 그 외국의 왕은 적과 싸울 준비를 한 채 헛되이 기다리고 있었어요. 그 왕이 헛되이 기다린 이유를 알게 되었을 때 많은 것을 생각했지요. 왕은 하루를 생각하고, 이틀간 생각하고, 일주일을 보내고서 자신의 아들인 젊은 왕자에게 말했지요.

-Iru kaj edzinigu ŝin?
-Sed ŝi estas tiel malbela, kvazaŭ ŝi ne estus eĉ ĉinino.

-Eble, vi pravas kaj ŝi ne estas vera ĉinino, sed, filo, mi diras al vi, ŝi plibeliĝos, certe ŝi plibeliĝos.

La princido estis obeema filo. Kun brila servistaro li vizitis la patron de la princidino. Kiam la maljuna princo aŭdis pri la deziro de la gasto, tre ĝojis kaj vere paciĝis. Sed la princidino ne volis konsenti.

"가서 그 공주와 결혼해 보겠는가?"

"하지만 그 공주는 중국인이라고 할 수 없을 정도로 못생겼지 않습니까?"

"네 말이 맞을지도 몰라. 그녀가 진정한 중국 여자가 아니라 해도. 얘야, 내가 말하고자 하는 것을 들어보렴. 그 공주는 예뻐질 거야. 정말 예뻐질 것이야. 두고 보면 알 거야."

그 왕자는 효성이 지극한 아들이었지요. 그는 유능한 신하들을 이끌고 그 공주의 아버지에게로 갔지요! 그 왕은 손님의 희망을 듣고서 정말 기뻐했으며 정말 화해했습니다. 그러나 공주는 동의하지 않았지요.

-Princido, mi ne komprenas vin. Vi povus elekti el cent belaj princidinoj. Kial vi venas al mi? Se nur por obei al la deziro de via saĝa patro, tuj reiru en paco. Mi ne volas malfeliĉigi vin. Nur tiu edzinigu min, kiu havas simpation al mi, kiu naskiĝis malbela pro kaprico de la dioj.

Kiam la princidino diris tion, la princido vidis ŝin pli bela ol en la unuaj momentoj kaj ŝiaj vortoj vekis en li simpation.

-Mi elektas laŭ mia deziro -li respondis delikate. -Konsentu! Ni estu geedzoj!

"왕자님. 저는 당신을 이해할 수 없어요. 당신은 백 명의 아름다운 미인 가운데서 배필을 선택할 수도 있을텐데요. 왜 제게 왔나요? 만약 당신의 현명하신 아버지의 바람에 복종하기 위해 왔다면, 곧 조용히 돌아가 주십시오. 저는 당신을 불행하게 하고 싶지 않아요. 신의 변덕 때문에 못생긴 채로 태어난 저를 동정하는 그 사람하고만 저는 결혼할 겁니다."

공주가 그렇게 말했을 때, 그 왕자는 공주가 처음보다 더 아름답다는 것을 알게 되었으며, 공주의 말이 왕자의 동정심을 불러일으켰지요.

"나는 내 뜻에 따라 선택할 것이오."

그 왕자는 현명하게 말했지요.

"허락해 주시오! 우리 결혼합시다!"

Kaj pasis multaj jaroj. La juna princido fariĝis princo de la lando kaj la princidino fariĝis patrino de malgrandaj princidoj kaj princidinoj. Ili vivis feliĉaj.

Foje, kiam la princo rememoris pri sia patro, li diris al sia edzino:

-Ho, mia patro estis tre saĝa homo, kiu ĉiam

diris la veron.

-Kion li diris?

-Li diris, ke vi plibeliĝos. Nu jen! Mi povas diri, ke la dioj neniam kreis pli belan princinon ol vi, mia edzineto, patrino de miaj infanoj.

La princino feliĉe ridetis.

-Ĉu vi vere pensas tion?

-Mi ne pensas, sed sentas tion. Vi estas la plej bela en la tuta mondo.

그리고 여러 해가 지났지요. 그 젊은 왕자는 그 나라의 왕이 되었으며, 그 공주는 어린 왕사와 공주를 둔 어머니가 되었지요. 그들은 행복하게 살았지요. 한 번은 그 왕이 아버지에 대해 회상하면서, 아내에게 말했지요.

"아, 아버지는 언제나 진실을 말하시는, 아주 현명한 분이었소."

"아버님이 뭐라고 하셨어요?"

"당신이 더 아름다워진다고 했소. 자, 보세요! 신들이 나의 아내이자 내 아이들의 어머니인 당신보다 더 아름다운 공주를 결코 만들지 못했다고 내가 장담할 수 있소."

그 공주는 행복하게 미소지었지요.

"정말 그렇게 생각하세요?"

"그렇게 생각하지 않고 느끼고 있소. 당신은 이 세상에서 가장 아름답구려."

Jen la fabelo pri la malbela princidino ... kaj ...
kaj la fabelo de nia teatraĵo -- Iĉio Pang finas
sian rakontadon.

-Tre interesa fabelo -diras Koluŝ kaj ankaŭ per
sia kapo li jesadas.

Jes, intelesa ... tle ... tle -- kaj Sunfloro ne
scias kial, sed ŝia voĉo estas tre mallaŭta.

자, 이것이 그 못생긴 공주에 얽힌 동화입니다. 그리
고... 동시에 우리 극장의 동화이지요. 이치오 팡은 그
이야기를 끝마친다.

"아주 재미있는 동화로군." 말하면서 콜루쉬는 머리
를 끄덕인다.

"예, 흥미롭다... 아주... 아주." 그리고 순플로로는 이
유는 모르지만, 그녀의 목소리는 아주 작았다.

Estas post la teatra prezentado. La du gefratoj
ripozas. Verdire nur Iĉio Pang kuŝas trankvile.
Sunfloro pensas pri io, kion ŝi ne komprenas.
Jam pli frue ŝi volis demandi sian fraton pri tio,
sed ŝi havis nek okazon, nek kuraĝon. Nun la
mallumo donas kuraĝon al ŝi kaj ankaŭ la
okazo ne mankas.

연극 공연이 끝난 뒤다. 오누이는 쉬고 있다. 사실은
이치오 팡만 편안히 누워있다. 순플로로는 자기가 이
해를 하지 못하는 것에 대해 생각하고 있다. 진작 그
것을 오빠에게 물어보고 싶었지만, 그녀에게는 기회도

없었고, 용기도 없었다. 지금 어두움이 그녀에게 용기를 주고, 기회도 적당했다.

-Iĉio, kial vi mensogis?
-Ĉu mi mensogis? Kiam?
-Hodiaŭ vespere vi fabelis, sed via fabelo ne estis la enhavo de la teatraĵo.
Post longa momento Iĉio Pang respondas.
-Neniu scias pri la vojoj de la Vivo. Mi pensis pri tio, ke eble iam vi povos fariĝi tia malbela princidino.
-Ĉu mi? Mi ne komprenas vin.
"이치오 오빠, 왜 거짓말했어?"
"거짓말? 언제?"
"오늘 저녁에 오빠는 동화를 이야기했는데, 그 동화가 그 연극 내용이 아니었잖아." 좀 시간이 지난 뒤 이치오 팡은 대답한다.
"아무도 삶의 길에 대해서 몰라, 아마 언젠가 네가 그 못생긴 공주가 될 수 있을 것으로 나는 생각했어."
"내가? 모르겠는데."

-La ekstera beleco estas afero de gusto kaj tiu de la kutimo. Ĉi tie, kie multaj miloj da knabinoj, similaj al vi, vivas, vi estas bela laŭ gusto kaj kutimo, sed pensu pri tio, se iam vi estus inter multaj miloj, al kiuj vi tute ne similus. La gusto kaj kutimo de tiuj homoj trovus vin malbela. Sed la interna beleco restas ĉiam freŝa.

Post longa silento Sunfloro denove alparolas sian fraton.

-Mi ne komprenas, kial vi diras tion al mi?

-Mi diris jam: eble iam vi fariĝos tiu malbela princidino kaj se vi deziros havi la koron de via princido, vi devos montri vian internan belecon.

"바깥의 아름다움은 취향과 습관의 일이야. 여기, 너와 비슷한 수천 명의 소녀가 살고 있고, 너는 취향과 습관에 따라 아름다워. 그러나 한편으로 내가 전혀 다른 수천 명의 사람 속에 있다는 것을 생각해봐. 그런 사람들의 취향과 관습은 너를 못생겼다고 할 수도 있거든. 그러나 속에 들어 있는 아름다움은 언제나 참신한 채로 남아 있지."

시간이 잠시 흐른 뒤, 순플로로가 오빠에게 다시 말을 건넨다.

"왜 그런 이야기를 나에게 해주었는지 모르겠어."

"내가 벌써 말했지. 아마 너는 그 못난 공주가 될 것이고, 네가 그 왕자의 마음을 사로잡으려면, 너는 네 안에 들어 있는 아름다움을 보여주어야 해."

Nur post longminuta pensado Sunfloro respondis.

-Se vi pensas pri Amiko, vi eraras. Li neniam

parolis pri tia afero. Li ne amas min tiel ... tiel
...

-Kaj vi, Sunfloro, ĉu vi parolis pri tio?

-Kiel vi pensas?!

Vidu, nek li, nek vi parolas pri tiu sento, tamen iu tria persono vidas tion, pri kio vi ambaŭ silentas.

-Vi forgesas, ke mi estas vera ĉinino -- ŝi protestas energie.

-Ne mi, sed vi mem forgesis pri tio.

-Ĉu mi? Per kio?

조금 시간이 흐른 뒤에 순플로로가 말한다.

"아미코에 대해 말했다면, 오빠가 틀렸어. 그는 한 번도 그런 이야기를 하지 않았는걸. 그는 나를 사랑하지 않아, 그렇게... 그렇게..."

"그럼, 순플로로, 네가 사랑한다고 말했니?"

"무슨 소리?"

"봐, 그나 너나 그 감정을 이야기하지 않았지만 너희 두 사람이 침묵하고 있는 그 감정을 제삼자는 볼 수 있어."

"오빠는 내가 진정한 중국 여자라는 것을 잊었군." 그녀는 힘주어 반박한다.

"내가 아니고, 너 스스로 그 점을 잊고 있어."

"내가? 무엇으로서?"

-Pro unu vorto de Amiko vi forigis la ruĝan

koloron de viaj manplatoj. Vi hontis pri la ĉina kutimo, ĉar ĝi ne estas laŭ lia plaĉo.

-Bagatelaĵo -Sunfloro diras, sed ŝi sentas, ke ŝia frato estas prava. -Tiu bagatelaĵo montras nenion.

-Nia patro estas tre saĝa homo kaj foje li diris al mi: "Filo, la feliĉa aŭ malfeliĉa vivo de unu homo konsistas el mil bagatelaĵoj."

"아미코의 한마디에 넌 네 손바닥의 붉은 색깔을 지워버렸잖아. 너는 중국의 관습에 대해 부끄러워하고 있어. 왜냐하면, 중국의 관습이 그의 취향에 맞지 않기 때문이지."

"하찮은 일을 가지고 뭐."

순플로로는 그렇게 말하지만, 오빠 말이 맞다고 느낀다. "그 일이 아무것도 보여주지 않아."

"우리 아버지는 아주 현명한 분이야. 때로는 나에게 말씀하셨지. '얘야, 한 사람의 행복이나 불행은 하찮은 일로 시작된단다.'"

Ĉapitro 9: El la taglibro de Marja
마랴의 일기장에서

Kristnaska vespero, 1919

Blanka, blanka, ĉio estas blanka: la tuta naturo, la domoj, stratoj, vojoj, kaj ankaŭ en la homaj koroj estas blanka paca sento. Nur en mia koro estas fajroruĝa ribelo kaj ploro. Hieraŭ ĉio estis paca kaj trankvila ankaŭ en mi. Hodiaŭ mi jam ribelas kontraŭ la Vivo, kontraŭ la sorto kaj pro la morgaŭa tago la larmoj turmentas mian koron. Egale, kiam venos tiu morgaŭa tago, ĉu vere morgaŭ aŭ post unu monato, post unu jaro! Egale! Mi sentas, ke ĝi staras antaŭ mia pordo.

1919년 성탄절 저녁

하얗다. 하얗다. 모든 것이 하얗다. 온 천지에, 건물마다, 거리마다, 길마다, 그리고 모든 사람의 마음마다 하얀 평화의 감정이 있다. 내 마음속에서만 불꽃같이 붉은 반항과 울음이 생긴다. 어제는 나에게도 모든 것이 평화롭고 고요했다. 오늘 나는 삶과 운명에 대해 벌써 반항하고 있으며, 내일이라는 날 때문에 생기는 눈물이 나의 마음을 괴롭힌다. 그 내일이라는 날이 언제 올지, 정말 내일일지, 한 달 뒤가 될지, 일 년 뒤가 될지, 똑같아, 똑같아! 그 내일이 벌써 내 문 앞에 서 있다고 느껴진다.

Hieraŭ ... Ho, la hieraŭa tago estis bela kaj la vespero eĉ pli bela. Hieraŭ li vizitis nin. Tial mi diras "nin", ĉar li venis ankaŭ al mia malsana patrino. Li alvenis kun sia amiko, la plej bona kuracisto en la militkaptitejo. La kuracisto longe restis en la ĉambro. Kormalsano kaj la nervoj laciĝis, li diris. Kormalsano! Kompreneble. Kian alian malsanon povus havi patrino de kvin infanoj? Nur kor- kaj nervmalsanojn. Dio mia, helpu nin! La kuracisto skribis recepton kaj konsilis, ke mia patrino ripozu, multe dormu, ne havu zorgojn ... Ne havu zorgojn!? Malriĉa patrino kun kvin infanoj ne havu zorgojn! La patro estas for. En tiu ĉi jaro li ne povis veni hejmen. Li sendis monon, leteron. Jen ĉio! Dio helpu nin! Kion fari? Kion fari?!

어제... 아, 그 어제라는 날은 아름다웠으며, 그 저녁은 더욱 아름답기만 했다. 어제 그가 우리를 찾아왔다. 내가 "우리"라고 말하는 것은 그가 편찮으신 어머니를 뵈러 왔기 때문이다. 그는 포로수용소에 있는 가장 훌륭한 의사인 그의 친구와 함께 왔다. 그 의사는 오랫동안 방에 남아 있었다. 심장병과 신경쇠약이라고 그는 말했다. 심장병! 물론 다섯 아이의 어머니가 그 병 말고 다른 병을 가질 수 있겠는가? 다만 심장병과 신경통이 하나님, 저희를 도와주십시오! 그 의사는 처방전을 써주었고 어머니가 좀 쉬고 푹 주무시게 했으면,

걱정을 끼치게 하지 말라는 조언을 했다... 걱정을 끼치지 말아야 한다!? 다섯 아이를 둔 가난한 어머니가 걱정을 안 할 수가! 아버지는 멀리 가 계신다. 올해 아직 아버지는 집에 돌아오지도 못하셨다. 아버지는 돈과 짧은 편지를 보내 주셨다. 이것이 전부다! 하나님 저희를 도와주소서! 어떻게 할까? 무엇을 할까?

Dum la kuracisto estis ĉe ni, mi povis reteni la larmojn, sed poste ... Ho, kiel mi ploris! ... kaj li venis al mi, eksidis apud min, karese viŝis miajn larmojn per siaj manoj, forigis la doloron el mia koro per siaj varmaj rigardo kaj voĉo. Mi sentis, ke el li parolas pli ol amikeco. Li estis tre, tre serioza. La tuŝo de liaj manoj estis tia, kia estas la kareso de mia patro, kiam li metas sian manon sur mian kapon kaj diras: "Supren la kapon kaj koron, filino mia. La vivo ne estas infanludo, sed la honestaj malriĉuloj ne havas en ĝi riproĉojn de la konscienco". Jes, la tuŝo de liaj manoj estis patra, send en lia rigardo estis io dolora, io nekomprenebla. En liaj okuloj mi vidis la ploregantan amon.

의사가 우리 옆에 있을 때는, 나는 울음을 참을 수도 있었으나, 그 뒤에는... 아, 나는 얼마나 울었던가!... 그리고나서 그는 나에게 와서, 내 옆에 앉아, 자신의 손으로 내 눈물을 쓰다듬듯 닦아주었고, 따뜻한 눈길과 목소리로 내 마음속의 아픔을 가시게 했다. 나는 그에게서 우정 이상의 무엇이 말하는 것을 느낄 수 있다. 그는 아주, 아주 진지하다. 그의 손길은 아버지가 내 머리 위로 손을 얹고 있을 때의 쓰다듬는 것처럼 느껴진다. 아버지는 말씀하셨다. "얘야, 머리와 마음을 언제나 높이 두거라. 삶이란 어린애 장난이 아니란다. 그러나 정직하고도 가난한 사람들은 그 삶에서 양심의 가책을 느낄 필요는 없단다." 그래, 그의 손이 다가오면 아버지 생각이 나지만, 그의 시선에는 뭔가 아픔이, 뭔가 설명할 수 없는 것이 있어. 나는 그의 눈에 애절한 사랑을 볼 수 있어.

Li amas min … li amas min … Mi scias kaj mi? … Ho, eĉ en mian sekretan taglibron mi ne kuraĝas priskribi la senton, kiun mi havas.
Li havas sekretan doloron, pri kiu li ne parolas, sed mi konas ĝin. Mi scias, kial liaj lipoj mutas kaj kial li ne trovas vortojn por sia sento. Li amas min tro por paroli. Li amas min tro por veki en mi vanan esperon. Ho, kiel mi dezirus krii al li; kara, kara, mi scias ĉion, ĉion kaj mi deziras nenion. Jes, nenion, nur la senton, ke vi tiel amas min, kiel mia koro nun sentas la sincerecon de via amo.
그는 나를 사랑한다… 그는 나를 사랑한다…나는 안다. 그리고 난?… 아, 나는 이 비밀 일기장에조차도 내가 가지고 있는 감정을 묘사할 용기가 없구나.

 그는 뭔가 비밀스런 아픔이 있어, 다만 그는 말을 않고 있을 뿐. 나는 그것을 알고 있어. 왜 그의 입술이 가만히 있고, 왜 그가 자신의 감정에 대한 말을 하지 않는지. 그는 말로 표현할 수 없을 정도로 나를 사랑하고 있어. 그는 내가 헛된 희망을 가질 정도로 나를 너무 사랑하고 있어. 아, 어떻게 그에게 말할까? 사랑하는, 사랑하는 사람, 난 알고 있어요. 그리고 난 아무것도 바라지 않아요. 그럼요, 아무것도. 나의 마음은 당신의 사랑이 진실함을 지금 느낄 수 있도록 당신이 날 사랑한다는 그 감정만을 바랄 뿐.

Mi jam ne memoras, pri kio ni parolis dum longaj horoj. Nur tion mi scias, ke ĉirkaŭ mi ĉio subite havis novan koloron, novan signifon. La konsolo venis en mian koron kaj mi feliĉe ridetis, eĉ ridis dum la tuta vojo al la kunvenejo. Ni ludis kiel la infanoj. Ni dancis en la dika freŝa neĝo. Ni kuris, ŝerce batalis per neĝaj kugloj kaj ni kantis, ridis, babilis. Mi forgesis, ke mi havas malsanan patrineton kaj kvar gefratojn. Ho Dio, ne punu min tial, ĉar mi estis tiel gaje feliĉa!

 나는 우리가 오랫동안 무엇을 이야기했는지 기억이 나지 않는다. 내가 아는 것이라고는 갑자기 내 주위의 모든 것이 새로운 색깔과, 새로운 의미를 가졌다는 것

밖에는. 그의 위로는 내 마음속에 다가와, 나는 모임 장소로 갈 때마다 언제나 행복하게 미소짓고 웃기도 했다. 우리는 어린아이처럼 놀았다. 우리는 소복이 쌓인 깨끗한 눈 위에서 춤도 추었지. 우리는 달렸지, 눈뭉치로 놀며 싸웠지. 그리고 우리는 노래 부르고, 춤추고, 이야기도 나누었지. 나에게 병든 어머니와 동생 넷이 있다는 것도 잊고서. 아, 하나님, 제가 그만큼 즐기며 행복하였다는 것 때문에 저를 벌하지 마십시오!

Kiam ni alvenis al la kunveno, jam ĉio estis preta. La benkojn oni metis al la muroj, por ke ni havu pli grandan liberan loko. En la ĉambro staris la ĝisplafona kristnaska arbo. Bela abio! Janis Lekko, la latvo, elektis, elhakis, portis ĝin el la malproksima arbaro. Petro Koluŝ, la amerika soldato, alportis biskvitojn kaj diversajn marmeladojn. Sinjoro Kuratov kaj sinjorino Bogatireva zorgis pri tio, ke la abio havu kristnaskan veston. Fraŭlinoj Smirnova alportis kukojn. Fraŭlino Tkaĉeva venis kun sia onklo, la rusa kolonelo kaj ilian pakaĵon servisto portis post ili. Diversaj manĝaĵoj kaj kelkaj boteloj da vino, multaj boteloj da fruktakvo.
　우리가 모임에 도착했을 때, 벌써 모든 것은 준비되어 있었다. 긴 의자는 모두 벽에 밀어붙여 놓아, 좀 더 자유롭게 쓸 수 있는 공간을 마련해 놓았다. 교실에는 크리스마스날을 기념하는 나무가 천장까지 닿아 있었다. 아름다운 전나무! 라트비아 사람인 야니스 렉코가 먼 숲에서 찾아내 도끼로 잘라 교실에 가지고 온 나무이다. 미국 군인인 페트로 콜루쉬는 비스킷과 잼을 가져 왔으며, 쿠라토프 씨와 보가티레바 여사는 그 전나무를 크리스마스에 어울리도록 장식하는데 애썼다. 스미르노바 양은 과자를 가져 왔다. 트카체바 양은 자신의 삼촌인 러시아군 대령과 함께 오고, 부하 한 사람이 그들 뒤에서 꾸러미를 들고 왔다. 그 안에는 여러 가지 음식물, 술이 몇 병, 과일주스가 여러 병이었다.

Ankaŭ mi alportis mian donacon: silkan standardon kun la verda stelo kaj kun la surskribo "Per Esperanto por la Kulturo". La vortojn diris li. La materialon por la standardo aĉetis la ĉeĥa Pavel Budinka kaj la rumana Adrian Berariu. Mi donis nur la noktan laboron al ĝi, sed ĉe ĉiu stebo mi aldonis nur belajn pacajn sentojn, bondezirojn. Ho, Dio donu, ke tiun standardon neniam makulu homa sango!

나도 선물을 가져갔다. 초록별이 그려져 있고 "에스페란토로 문화를"이라는 글귀가 새겨진 비단 깃발을 만들어 가져갔다. 그 표현은 그가 말했던 것이었다. 그 깃발 재료는 체코 사람 파벨 부딘카와 루마니아 사람 아드리안 베라리유 그 둘이 샀다. 나는 그 재료에 밤새 노력을 더한 것뿐이지만, 그 바늘 한 뜸 한 뜸에 아름다운 평화의 감정, 선의의 기원만은 부족하지 않았다. 오, 하나님, 저 깃발이 이제는 더 이상 인간의 피로 더럽히지 않도록 해주십시오.

La dekdujara Ivan Averkiev faris belan skatolon por la gazetoj: gazetujon. Ernst Mayer, la germano, donacis du librojn al la biblioteko. Unu estas orginala verko: "Nova Sento" de Sentis. Li ricevis ĝin antaŭ nelonge el Aŭstralio. Ĝi aperis jam dum la milito. Li, Paŭlo, redaktis kaj verkis belan kristnaskan numeron de nia grupa gazeto "Ni venkos!" Ĝi estas belega. Iu el liaj amikoj kaligrafie skribis la tekstojn kaj liaj pentroartistaj amikoj el la militkaptitejo ilustris ĝin.

　12살의 이반 아베르키에프가 아름다운 잡지를 넣어두는 상자인 잡지꽂이를 만들어 왔다. 독일사람 에른스트 마이어는 도서실에 두 권의 책을 기증했다. 한 권은 센티스(Sentis)의 『새 감동』(Nova Sento)이었다. 그는 이것을 오스트레일리아로부터 받았다. 이 책은 전쟁의 와중에도 벌써 나왔다. 파울로, 그는 우리들의 모임의 잡지 "우리는 승리하리라(Ni Venkos)!"를 크리스마스 호로 아름답게 편집하여 만들어 냈다. 이 잡지는 아주 아름다웠다. 그의 친구 가운데 한 사람이 아름다운 글씨체로 본문을 써 주었으며, 포로수용소의 미술 하는 친구들이 이 잡지에 그림을 그려주었다.

Sed la plej interesan kaj kuriozan donacon donis Iĉio Pang kaj lia fratino Sunfloro. Mi ne povas kompreni, de kie prenis la ideon tiu ĉina knabo. Ĉu de Koluŝ? Mi ne pensas. Koluŝ ne havas tian fantazion, nek tian senteman karakteron, kian tiu kurioza donaco igas supozi.

그러나 가장 흥미롭고 진귀한 선물은 이치오 팡과 그의 누이 순플로로가 가져왔다. 나는 이 중국 소년이 어디에서 그런 생각을 해냈는지 잘 모른다. 콜루쉬의 생각일까? 그건 아닐 것이다. 콜루쉬는 그런 꿈을 갖고 있지도 않고, 그 진귀한 선물이 보여주는 그러힌 섬세한 성격을 갖고 있지도 않다.

Ĝi estas granda ruĝa koro el ligno kaj havas apartan tenilon por starigi ĝin sur la tablon. Super la koro, sed sur ĝi staras la kvinpinta verda stelo, kiu estas lumigebla per meĉo. La granda koro havas pordeton, kiun oni povas malfermi kaj ... kaj, jen la kuriozaĵo, en la interno estas la stalo de Betlehemo kun la paŝtistoj, ŝafidoj kaj en la mezo, en trogeto sur pajlo kuŝas la figureto de la dia infano.

이는 나무로 만든 큰 붉은 색 심장모형으로, 탁자 위에 이를 세우기 위해 특별한 버팀대가 필요했다. 그 심장모형 위에 심지로 불을 붙일 수 있도록 오각형의 초록별이 서 있다. 그 큰 심장모형 위에는 사람이 열어 볼 수 있는 작은 문이 달려 있다. 그리고... 그리고, 그 진귀한 것의 안쪽에는 목동들과 어린양들이 있는 베들레헴의 마구간이 있고, 그 가운데 짚 위의 작은 구유에는 하나님의 아들 형상이 놓여 있다.

Ĉio estas tia, kia sur niaj bildoj. Nur la sanktajn gepatrojn li forgesis meti al la trogeto. La dorsa flanko de la koro havas la subskribon: "Al siaj kristanaj gefratoj la ĉina Iĉio Pang kaj lia fratino Sunfloro." Ĉiu rigardis nur tiun koron, kiam ni ekbruligis la kandeletojn sur la abio. Ho, tiu verdstela koro aparte lumis, sed tiel harmonie, ke mi ne povis reteni miajn larmojn. Vere, Iĉio Pang superis nin ĉiujn per sia donaco. Ĝi estis tiel festa, tiel solena, tiel trafa!

이 모든 것이 우리의 상상력을 넘어서는 그러한 것이다. 그는 성부와 성모를 그 구유 곁에 놓아두는 것을 빠뜨렸다. 그 심장모형의 뒷부분에는 다음과 같은 서명이 있다. "그리스도의 형제자매에게, 중국인 이치오 팡과 누이 순플로로가."

우리가 전나무 위에 있는 초에 불을 밝혔을 때, 모두 그 심장모형만 바라다보고 있었다. 아, 그 초록별의 심장모형은 따로 떨어져 빛났지만, 눈물을 참을 수 없을 정도로 그렇게 조화를 이루었다. 이치오 팡은 그 선물로 우리 모두를 압도했다. 이는 아주 축복을 주었고,

아주 장엄했고, 아주 안성맞춤이다!

Jes, trafa, ĉar en tiu ĉambro estis ne nur
diversaj nacioj, sed ankaŭ diversaj religoj;
romaj katolikoj kaj rusaj katolikoj, kiuj havos
sian Kristnaskon post dektri tagoj, inter niaj
gastoj estis protestantoj, judoj el la
militkaptitejoj, kaj du Kon-Fu-Ĉe-anoj.
Neforgesebla, vere paca kristnaska vespero.
Post la solenaĵo parolis Paŭlo kaj Kuratov. Li
denove tre kortuŝis nin kaj sinjorinon
Bogatireva. Iĉio Pang deklamis sian novan
poemon. Nur pri la lasta strofo mi rememoras:

그래, 안성맞춤이야, 왜냐하면 그 방 안의 사람들은
다양한 국적을 가졌을 뿐만 아니라, 다양한 종교를 가
지고 있었다. 로마 가톨릭, 러시아 가톨릭, 러시아 가
톨릭은 십 삼일 뒤에 크리스마스를 맞이한다. 여기에
참석한 포로들 가운데 프로테스탄트나, 유대교인도 있
다. 그리고 유교를 믿는 사람도 둘. 잊을 수 없는 정말
평화로운 크리스마스의 저녁. 장엄한 의식 뒤에 파울
로와 쿠라토프가 연설했다. 파울로는 한 번 더 우리와
보가티레바 여사가 아주 감동하도록 했다. 이치오 팡
은 자신의 새 시를 낭송했다. 마지막 귀절만 나는 기
억하고 있다.

Ĉino, judo kaj kristano,
  ruso, polo kaj germano
  nun egalas ĉe l' abio.
Kandellumo ĝin ornamas,
  Nova Sento en ni flamas:
  la homfrata harmonio.

  Mortu la malam', minaco,
  Vivu ĉie nia -- paco!

중국사람, 유대사람과 기독
교인, 러시아인, 폴란드인
과 독일사람은 이 전나무
아래 지금 똑같아.
촛불이 이 나무를 장식하듯
인간 형제자매의 화합이라
는 새 느낌은 우리 속에 빛
나리.

증오와 위협은 깨져라.
우리에게 언제 어디서나 필
요한 것은-평화!

Ho, estis bela, tre bela vespero! Ho, vi, "senkorpa Mistero" donu jam fine pacon al la homaro!

La hieraŭo pasis kaj hodiaŭ mi aŭdis en la urbo, ke en la proksima printempo venos ŝipoj por reporti la militkaptitojn al iliaj hejmoj. Printempe ... Jam printempe! Ho, se tiu ĉi vintro neniam pasus! Mia printempo estas nun. Nun, kiam la arboj havas neĝfoliaron, sur la vintroj de la fenestroj pompas glacia florĝardeno kaj el du malgajaj okuloj brilas al mi la maja suno. Neniam pasu tiu ĉi vintro! ... Dio, ne punu min pro la egoista penso! Mi amas lin, mi amas lin!

아, 아름다운, 정말 아름다운 저녁이었다! 아, 당신,

형체 없는 신비여, 인류에게 이젠 희망을 주소서!

어제는 지나갔다. 우리 도시에서는 오늘 다가오는 봄에 포로들을 자기 고향으로 송환하기 위한 배가 온다는 소식이 있다. 봄에... 벌써 봄에! 아, 이 겨울이 결코 가지 않았으면! 나의 봄은 지금인데, 나무들이 눈으로 덮인 잎을 가질 때, 유리창에 얼음으로 된 꽃동산이 자랑스럽게 필 때, 그 두 슬픈 눈동자에서부터 나에게 오월의 햇살이 비추고 있을 때인 지금, 이 겨울은 절대 가지 말게 하소서!... 하나님, 이 독선주의자의 생각을 벌하지 마소서! 나는 그 사람 사랑해요, 나는 그 사람 사랑해요!

Tago de la teruro, la ... 1920

Kiel priskribi tion, kio okazis dum tiu ĉi nokto? Mia korpo tremas, la larmoj fluas al la koro. Hieraŭ vespere, kiam ni ĉiuj kune estis gaje babilante kaj ĝojante pro la progreso de la novaj kursanoj, neniu povis konjekti, ke la mateno alportos nur doloron kaj funebron. Hieraŭ tage kiel bonhumore mi laboris en la kontoro ne pensante, ke hodiaŭ mi trovos nur ruinon tie, kie mi gajnis la ĉiutagan panon. Vespere en la granda lernoĉambro (ne tie, kie ni lernis) ankoraŭ kunvenis pli ol sepdek homoj kaj nun ni ne scias, kiam kaj kiujn ni revidos el ili?!

1920년, 잔인한 날…

이 밤에 일어난 일을 어떻게 써 내려갈까? 나의 몸은 떨고 있다. 눈물은 나의 마음으로 흐른다. 우리 모두 함께 새 강습생들의 발전에 대해 즐겁게 얘기하면서 기뻐했던, 그 어제저녁에만 해도 아무도 오늘 아침에 아픔과 슬픔을 가져오리라고 상상할 수 없었다.

내가 사무실에서 기분 좋게 일하던 어제 낮만 하더라도 매일의 빵을 구하기 위해 내가 일했던 그 직장이 오늘 폐허가 된 채로 바라보리라고는 생각해 보지도 못했다. 큰 교실(우리가 배우던 곳이 아닌)에 저녁에 칠십 명 이상이 모였었는데, 지금 우리는 그들 가운데 누구를, 그리고 언제 우리가 다시 만날지 모른다.

Ho, kiel priskribi? Politiko ... Politiko, oni diras. Jes, politiko, sed kia? Ĝi rajdis preter niaj domoj, tenis en la mano pafilon, ĵetis bombojn sur niajn tegmentojn, mortigis senarmilajn centojn kaj detruis la hejmojn de pacaj familioj, kiuj eĉ ne sonĝis pri politiko.

아, 뭐라고 표현해야 할까? 정치…정치, 사람들이 말한다. 그래, 정치, 그러나 어떤 정치? 폭격기가 우리들의 집 주위를 돌아다녔으며, 손에는 총을 들고, 우리의 지붕 위로 폭탄을 내던지고, 무장하지 않은 수백 명을 죽이고 파멸로 몰아넣었다.

"Ĝi pasis jam. Ne ploru, filino" -- diras mia

patrino. Ho, patrineto, vi estas fatalista. Ĝi pasis, pasis ... sed ĝi povos reveni unu-, du-, dek-, centfoje! Ĝi pasis jam. Sed kial okazis? Neniu scias. Nur tion oni scias, ke noktomeze la japana armeo atakis la rusajn kazernojn, la soldatoj kuris for, restis kelkcent mortintoj el ili sur la deklivo de la apuda monto, la bomboj detruis domojn. Kelkaj bomboj falis sur la hospitalo mortigante kaj vundante malsanulojn, flegistinojn kaj nun matene sur ĉiu grava konstruaĵo estas japana standardo. Nur tion oni scias el la tuta politiko.

"그건 벌써 지나갔어. 울지 마라, 얘야"

어머니께서 말씀하신다. 어머니, 어머니는 만사를 운명에 맡겼다. 그 폭격기는 지나갔어요, 지나갔지요, 하지만 한 번, 두 번, 열 번, 백 번도 되돌아올 수도 있어요! 그 폭격기는 벌써 지나갔지만, 왜 그런 일이 일어났는가? 아무도 모른다. 사람들이 아는 것이라고는, 밤중에 일본군이 러시아병영을 폭격했고, 군인들은 피해 멀리 뛰어 달아났으며, 그 뛰어 달아난 군인들 가운데 수백 명이 옆 산의 비탈에서 죽은 채로 발견되었고, 폭탄으로 집이 파괴되었다. 몇몇 폭탄은 병원 위로 떨어져, 환자들과 간호사들도 사망했거나 상처 입었다. 오늘 아침 거의 모든 주요 건물에는 일장기가 매달려 있었다. 사람들이 이런 정치에서 아는 것이라곤 이것이 전부다.

Kaj kio okazis al li? Onidire la rusaj soldatoj rifuĝis al la direkto de la montoj tra la militkaptitejo. La kugloj de la japanoj trafis ankaŭ multajn militkaptitojn, kiuj trankvile ripozis. Estas eĉ mortintoj. Kio okazis al li? Dio, indulgu min! Mi ne volas pensi. Nur ne pensi!

그리고 그 사람에게는 무슨 일이 일어났을까? 러시아 군인들은 포로수용소를 통해서 산으로 피신했다고 들었다. 일본군 총알은 조용히 쉬고 있던, 수많은 포로를 관통했다. 사망자들조차 있다. 그 사람에게 아무 일도 없을까? 하나님, 저를 용서해 주세요! 저는 생각하고 싶지 않아요. 생각하지 않기만 바랄 뿐!

Ĵus estis Koluŝ ĉe ni. Li estis pala kiel la papero. Terure, terure! Kio okazis? Miaj korbatoj formortis por momento kaj poste ĉiun baton ĝian mi sentis en la gorĝo. Kio okazis?!
Subite tiu granda forta viro ekploris. La vortoj balbute forlasis liajn lipojn.
-Bomboj falis ... ankaŭ sur la ĉinan kvartalon ... kelkaj domoj detruiĝis ... detruiĝis ... Ho, kial? ... Jes ... Iĉio Pang ... nia bona Iĉio ... li
-Ĉu li mortis? -kaj mi sentis, ke miaj vortoj krie veis.

우리한테 방금 콜루쉬가 왔다. 그는 백지장처럼 창백하다. 잔인해, 잔인해! 무슨 일이 있었는가? 나의 심장박동이 잠시 나를 숨을 못 쉬게 하고 목구멍까지 차올라오는 것을 느꼈다. 무슨 일이 있었을까?

갑자기 그 크고 힘센 남자가 운다. 그의 말은 떨며 그의 입술에서 떠나고 있다. "폭탄이 떨어졌어요... 중국인 거주 지역에도... 몇몇 집들이 다 부서졌고... 부서졌어요... 오, 왜?... 그래... 이치오 팡... 우리의 좋은 이치오... 그가."

"그가 죽었나요?" 나의 말이 소리치듯 애통해하는 것을 느꼈다.

-Ne! Li ne mortis ... sed tre grave li vundiĝis ... tre grave.

-Kaj Sunfloro? Ilia patro?

-Ili restis senvundaj ... Sed li, la malfeliĉulo. Ankaŭ li ... ankaŭ li, se ... Kiam li aŭdis la unuajn pafojn, li iris eksteren por rigardi, kio okazas. Li estis ĉe la pordo, kiam grenado trafis la domon de Lon Fu kaj ĝi detruis ankaŭ la pordon, ĉe kiu li staris. Lignopeco detruis lian ventron ...

"아니! 죽진 않았어요... 그러나 아주 심한 부상을 당했어요...아주 심하게"

"그리고 순플로로는? 그의 아버지는?"

"그들은 무사합니다... 그러나 그는, 불행한 사람, 그도... 그도, 만약... 그가 첫 총소리를 들었을 때, 무슨 일이 일어났는가 보려고 밖으로 나왔대요, 그가 문 앞에서 수류탄이 론 푸의 집에 떨어지는 것을 보았을 때, 그가 서 있던 문도 파손되었대요. 그는 나뭇조각 파편에 복부가 상처를 입었어요..."

-Terure! -kaj mi devis fermi miajn okulojn pro la sanga bildo, kiun tiuj vortoj aperigis antaŭ mi.

-Frumatene, kun kelkaj el miaj kamaradoj mi kuris en la urbon kaj ... kaj ni portis la malfeliĉulon en nian hospitalon.

- Kaj la kuracisto, kion diras?

"어떡해!" 그리고 나는 내 눈앞에 비친 선명한 피의 현장 때문에 눈을 감을 수밖에 없었다.

"새벽에 내 동료 몇과 함께 도시로 들어갔을 때, 그리고... 그리고... 우리는 그 불행한 이를 병원으로 옮겼어요."

"의사가 뭐라 해요?"

Koluŝ faris geston, kiu mortigis ĉiun esperon. Subite teruro kaptis mian koron pro li, kiu estas nun ie en la militkaptitejo. Sed kiel? En kia stato?

-Koluŝ, kion vi aŭdis pri la militkaptitejo? Ĉu Nadai?

-Ĉu ankaŭ la militkaptitejo? ...

-Oni diras.

-Dio, Dio, miaj kamaradoj ... Ĉu ne sufiĉas, vi, kruela Dio?! Vi!

Kaj li forkuris.

콜루쉬는 모든 희망을 포기한 듯한 몸짓을 해 보였다. 갑자기 포로수용소의 어딘가에 있을 그 사람 때문에 내 마음은 공포로 휘감겨 있었다. 그러나 어떻게? 어떤 상태인가?

"콜루쉬, 포로수용소에 대해 뭐 소식이 있나요? 나다이는?"

"포로수용소에도?"

"사람들이 그러던 데요"

"맙소사, 하느님, 내 동료들이... 잔인한 하나님, 당신은 그것으로 부족했습니까? 하느님!" 그리고 그는 뛰어나갔다.

La ...-an de ... 1920

Du tagoj pasis. Kiaj du tagoj! Mi pensis, ke mi freneziĝos. Japanoj patroloj marŝis sur la stratoj. Ĉiumomente ili trumpetis. Japanaj rajdistoj galopis tra la urboj en ĉiu horo. Ili haltigis la homojn, parolis en lingvo nekomprenebla por ni. Kaj mi sciis nenion pri Paŭlo.

La kazernoj estis plenaj de rusoj soldatoj. Ili fariĝis militkaptitoj de la japanoj .... kaj nun ili estas liberaj. Ĉiuj liberaj! La japanaj standardoj estas for de la domoj. Kial? Politiko ... La politiko de la amerikanoj kaj angloj ne permesas venki la politikon de la japanoj. Politiko, pro kiu miloj mortis en multaj siberiaj urboj. Dutaga venko, kiu postlasis nur novajn orfojn, novajn vidvinojn kaj kiu vestas la vivantojn en funebran koloron.

1920년 - 월 - 일

이틀이 지났다. 어떤 이틀인가? 나는 내가 미쳤다고 생각했다. 일본군 순찰대가 거리를 행진해 다니고 있었다. 순간마다 그들은 트럼펫을 불었다. 일본군의 기마병들이 시간마다 시가지를 질주했다. 그들은 지나가던 사람들을 멈추게 하여, 우리가 모르는 말로 말했다. 그리고 나는 파울로에 대해 아무런 소식도 듣지 못했다.

병영은 러시아 군인들로 가득 차 있었다. 그들은 일본군의 전쟁포로가 되었다... 그런데, 지금 그들은 모두 자유롭게 되었다. 모두 자유를 되찾았다! 일장기는 집집마다 사라지게 된다. 왜 그럴까? 정치... 미국사람과 영국사람의 정치는 일본의 정치가 계속 승리하도록 허락하지 않는다. 시베리아의 수많은 도시에 수많은 죽음을 남긴 정치. 새 고아들, 새 과부만 남기고, 산 사람들에게 상복을 입게 한 이틀간의 그 승리.

Nur hodiaŭ vespere mi revidis lin. Kion mi sentis? Mi ne havas vortojn por priskribi miajn pensojn. Nur pri tio mi rememoras, ke niaj lipoj renkontiĝis la unuan fojon kaj en la kiso silentas la viro kaj virino kaj mi ploris, ploregis.

오늘 저녁이 되어서야 나는 그를 다시 보았다. 나는 무엇을 느꼈는가? 나는 내 생각을 표현할 적당한 말이 없다. 그 점에 관해서만 내가 기억하고 있다. 우리들의 입술이 처음으로 만나게 되었다. 그 입맞춤에서 남자와 여자는 침묵하였고, 그 뒤 나는 울고, 크게 울었다.

La ...-an de ... 1920

Taglibro mia, kial mi devas skribi sur viajn paĝojn nur pri doloraj okazintaĵoj? La taglibro de knabino devus esti la rememorigilo pri dolĉaj sekrotojn kaj vi, taglibro mia, fariĝas tombejo, al kiu kun larma sento mi venas ĉiutage. Ĉiutage, ĉiutage!

1920년 - 월 - 일

일기장아, 나는 왜 그 뼈아픈 사건에 대해서만 너에게 써 내려가야 하니? 소녀의 일기장은 달콤한 비밀을 말하는 추억의 자리가 되어야 하지 않을까? 그런데, 너, 일기장은 내가 눈물을 머금고 매일 찾는 묘지가 되어있구나, 매일, 매일.

Ankaŭ hodiaŭ mi enterigas ... Iĉio Pang, nia varmkora ĉina frato foriris. Li ne kantos plu. Ni neniam plu vidos liajn brilantajn nigrajn okulojn. Neniam plu ni aŭdos lian mildan voĉon. Iĉio Pang forlasis nin kaj ni funebras. Unu el la dolĉavortaj fratoj silentiĝis.

Antaŭtagmeze ni staris ĉe lia lito en la hospitalo. Li estis tiel trankvila. Tiel obeema. Li venkis siajn suferojn kaj pala rideto estis ĉe liaj buŝanguloj, kiam li direktis sian rigardon al ni. Lia patro, la maljuna ĉina komercisto kaj Sunfloro kun senlarmaj okuloj staris kiel la lignostatuoj. Ho, sed mi scias, ke estas nevideblaj larmoj, kiuj sufokas en ni la vivon.

오늘도 나는 사람을 묻어야 했어... 이치오 팡. 우리의 따뜻한 마음을 가졌던 그 중국인 형제가 죽어갔어. 그는 이제는 노래 부를 수도 없어. 우리는 이제 그의 빛나던 검은 눈동자도 볼 수 없구나. 이치오 팡은 우리 곁을 떠났고, 우리는 그를 땅에 묻었구나. 아름다운 말을 하는 형제들 가운데 한사람이 침묵하게 되었구나.

오늘 오전에 우리는 병원의 그의 침상에 서 있었다. 그는 더욱 평안하며, 복종하는 듯했지. 그는 자신의 고통을 이겨냈으며, 그가 우리에게 시선을 주었을 때 그의 입가에는 창백한 미소마저 있었지. 그의 늙은 아버지와 눈물 마른 순플로로는 목석처럼 서 있을 뿐이었지. 그러나 우리에게서 삶을 절실하게 만든, 보이지 않는 눈물이 있다는 것을 나는 알게 되었어.

Koluŝ, Kuratov, Paŭlo, Tkaĉeva, la malgranda Averkiev kaj mi staris ĉe lia dekstra flanko kaj lia mano tremante ripozis sur la blonda kapo de Ivan Averkiev.

콜루쉬, 쿠라토프, 파울로, 트카체바, 키작은 아베르키에프와 나는 그의 오른편에 서 있고, 그의 손은 이반 아베르키에프의 금빛 머리 위에 떨면서 놓였다.

-Gefratoj -li diris kun videbla fortostreĉo -vi, kiuj plibeligis mian mallongan vivon, ne perdu la esperon. Kredu forte, forte, ke tiu homa koro, al kiu nia stelo lumas per verdaj radioj kaj kiu nun super la bajonetoj mute faligas sangolarmojn, tiu koro iam venkos. Kredu kaj estu kuraĝaj!

"형제자매들이여,"

그가 힘주어 말하는 것을 우리가 본다. "나의 짧은 삶을 더욱 아름답게 만든 여러분, 희망을 잃지 마십시오. 강하게, 강하게 믿으십시오. 그래서 우리의 별이 초록색으로 밝히며, 총칼 위로 지금 피눈물을 묵묵히 떨어지는 그런 인간의 마음이, 그런 평화의 마음이 언젠가 이길 것입니다. 믿고 용기를 가지십시오."

Poste li longe silentis ... Ho, mi ne vidas miajn literojn pro la larmoj! ... Fraŭlino Tkaĉeva transdonis al li la florojn, kiun ni aĉetis. Li rigardis ilin. Post longaj momentoj li mallaŭte diris:

-Malfeliĉaj floroj ... Kial vi ne lasis vivi ilin? Iĉio Pang neniam deŝiris floron.

그리고는 그는 오랫동안 말이 없었다… 오, 나는 눈물 때문에 내가 쓴 글자를 볼 수 없구나! 트카체바가 우리가 사 온 꽃다발을 그에게 전해주었지. 그는 그 꽃들을 바라보고 있었지. 좀 시간이 흐른 뒤, 그는 낮게 말한다.

"불쌍한 꽃들… 왜 당신들은 이 꽃들이 계속 살게 내버려 두지 않았습니까? 이치오 팡은 한 번도 꽃을 꺾지 않았어요."

Videble liaj doloroj fortiĝis. Mi ne povis resti plu. Per rigardo mi proponis foriron al la aliaj kaj ni adiaŭis unu post la alia. Tre mute, tre senkonsole. Ni ne povis aperigi esperdonan rideton sur nia vizaĝo.
Kiam mi prenis lian maldikan manon, momente li retenis min.

그의 병세가 더 심해지는 것 같았다. 나는 그곳에 더 이상 있을 수가 없었다. 눈으로 나는 다른 사람들에게 떠나야겠다고 제안했으며, 하나둘씩 차례로 우리는 작별인사를 했다. 아주 말없이, 아무 위로의 말도 없이, 우리는 우리의 얼굴에다 희망을 주는 미소를 머금을 수도 없었다.

내가 그의 가냘픈 손을 잡았을 때, 순간 그도 내 손을 잡았다.

-Fratino de Sunfloro ... Restu ŝia fratino ... kaj ... kaj atendu ... tie, en mia poŝo ... vi estas ja nia sekratariino kaj ... tie, en la poŝo estas papero ... la lasta ... por la kunveno ... por la proksima kunveno .... Prenu ĝin!

Sur la dorso de la seĝo kuŝis liaj vestoj. Lia sango sekiĝis sur tiuj vestĉifonoj. Kial oni ne forigis ilin? ... Mi trovis la paperon. Ankaŭ sur ĝi estas bruniĝinta makulo.

"순플로로의 언니... 제 누이의 언니로 남아 주십시오... 또... 또 잠깐... 저기, 내 호주머니 속에... 당신은 정말 우리의 총무이지요, 또... 저기, 그 호주머니 속에 종이가 있습니다... 마지막으로 모임을 위한... 다가올 모임을 위해서... 그것을 집어주십시오!"

의자 뒤편에는 그의 옷가지가 걸려 있었다. 너절해버린 옷의 여기저기에 피가 말라붙어 있었다. 왜 사람들은 이것들을 없애지 않았을까? 내가 그 종이를 찾았다. 그 종이에도 거무스레한 흔적이 있다.

Ni foriris. Nur Koluŝ restis ĉe lia ĝis la lasta momento. Li alportis la sciigon, ke nia Iĉio Pang ne suferas plu ... Li vivis nur dekses jarojn ... Kaj nun antaŭ mi kuŝas lia lasta parolo al la geamikoj. Poemo. Eble li verkis tiun sunbrilan tagon, kies vespero ... La lastas poemo. Mi kopias ĝin ankaŭ por mia taglibro.

우리는 떠났다. 콜루쉬가 그의 마지막 순간을 그의 옆에서 지켜보았다. 그는 우리의 이치오 팡이 이제 영원한 휴식에 들었다는 전갈을 가져왔다.

...그의 나이 열여섯이다... 그리고 지금 내 앞에는 친구들에게 쓴 그의 마지막 말이 놓여 있다. 그의 시다. 아마 그는 태양이 빛나는 대낮에 지었던 것 같다. 그날 저녁... 마지막 시다. 나는 내 일기장을 위해서도 그의 시를 여기에 베껴 적는다.

La maja vivo nun parolas:
la suno ridas, pompas floroj,
en tero la printempo bolas
kaj kantas birdaj, homaj koroj.

오월의 삶은 지금 말한다.
태양은 웃고, 꽃들은 뽐내고 대지에는 봄이 끓어 넘치고, 새들과 사람들의 마음마다 노래 부른다.

Ho vi, stulteta ĉina knabo,
vi kial devas ĝoji, ridi,
en ĉiu arbo kaj skarabo
la vivofraton ame vidi?

오, 어리석은 중국 소년아, 너는 왜 모든 나무와 장수풍뎅이를 생명의 형제처럼 다정하게 보고, 웃고, 즐거워하는가?

Kaj kial igas vin la sento
karesi herbajn, florpetalojn
kaj tremi pro la kis' de l' vento,

또 초목과 꽃잎들에게 사랑하는 감정을 왜 가지는가,
들판, 산과 계곡을 찬미하는 그 바람의 입맞춤에 왜

admiri kampojn, montojn, valojn?

흔들리는가?

Ĉar vivas vi kaj vivas, vivas
-- respondas krie la korbatoj --
kaj en la suna brilo vivas
kun vi sur Tero nur -- gefratoj.

"그건 네가 살아 있고, 살아가니까!"
심장박동이 소리치며 대답한다.
"또 태양이 빛나는 이 대지 위에 너와 함께 있는 모두가 형제자매이니까."

Ne, mi ne povas skribi pli hodiaŭ. La doloro kunpremas mian gorĝon kaj mi ne vidas plu la literojn ... Nur la koron super la bajonetoj ... la koron kun la sangolarmoj

안돼, 나는 오늘 더 이상 쓸 수가 없다. 슬픔 때문에 나의 목은 울먹여, 나는 더 이상 글자도 볼 수 없다. 총칼 위의 마음만, 피눈물로 가득한 그 마음을 쓸 뿐.

"kaj en la suna brilo vivas
kun vi sur Tero nur -- gefratoj."

"또 태양이 빛나는 이 대지 위에
너와 함께 있는 모두가 형제자매이니까."

Ĉapitro 10: Nikolsk Ussuriska Esperanto Societo
니꼴스크 우수리스크 에스페란토협회

Somera posttagmezo estas. En la ĉambroj de la nova esperanto-societo regas vigla vivo. Jes, en la ĉambroj, ĉar la vintra kaj printempa laboroj de la membroj alportis neatenditan prosperon. Sukceso post sukceso venis. Dum la vintro Nadai gvidis tri kursojn en du gimnazioj kaj en la Popola Domo. Sed ne nur li laboris. Lian kurson en la Popola Domo Adalberto Szijj, hungara oficir-militkaptito, transprenis. Li bonege instruis.

여름날의 오후다. 새 에스페란토협회의 강의실마다 활기찬 삶이 넘친다. 그것도, 여러 교실에서. 왜냐하면, 그 협회의 회원들이 지난겨울과 봄에 노력한 것은 기대 이상의 성과를 가져 왔기 때문이었다. 성공과 성공의 연속이었다. 겨우내 나다이는 김나지움 2곳과 시민회관 등 3곳의 강습을 지도했다. 그러나 그 외에도 다른 사람들의 노력도 있었다. 시민회관의 강습은 헝가리의 장교이자 포로인 아달베르토 스지이가 맡았다. 그는 아주 잘 가르쳤다.

En la fino de la printempo oni jam vidis, ke la

malgrandaj lernoĉambroj de la Popola Domo ne sufiĉas por bone labori kaj por havi viglan kluban vivon. El okcidentaj urboj venis ĉiam pli da militkaptitoj inter ili multaj esperantistoj, kiujn speciala komitato centrigis en Nikolsk Ussurijsk. La celo: surmare rehejmigi la militkaptitojn. La urba konsilantaro de la Kultura Sekcio donis tutan lernejon je la uzo de la esperantistoj. Ili estis ja centoj: viroj, virinoj, knaboj, knabinoj el la diversnaciaj militkaptitoj kaj el la civila kaj militserva loĝantaro, kiu konsistas el rusoj, poloj, ĉinoj, koreanoj.

봄이 끝날 즈음에, 시민회관의 작은 교실들로는 협회를 잘 운영하고, 활발히 꾸려나가기에는 좁다는 것을 알았다. 서부의 도시들로부터 계속해 포로들이 더 많이 왔는데, 그중에는 에스페란티스토들도 많이 있었다. 특별위원회가 니꼴스크 우수리이스크에 포로들을 모았다. 그 목적은 포로들을 바닷길을 통한 본국송환에 있었다. 이 도시의 문화부 고문단은 학교 전체를 에스페란티스토들이 사용하도록 제공해 주었다. 그야말로 에스페란티스토들은 수백 명에 달했다. 여러 민족으로 구성된 포로들, 러시아, 중국, 폴란드, 조선사람들로 이루어진 민간인과 전쟁에 동원된 원주민들 남녀노소.

Vigla vivo. La membroj uzas nur Esperanton, ĉar ĝi estas la sola lingvo, kiun ĉiuj komprenas.

La modesta biblioteko riĉiĝas per la donacoj, kiujn faras la baldaŭ forirontaj militkaptitaj esperantistoj. La amikan konatiĝojn sekvas kora intimeco. Jam okazis ne unu geedziĝoj, en kiu la hejma lingvo de la juna paro estas Esperanto. Multaj knabinoj havas fianĉinan ringon.

활기 있는 삶이다. 그 회원들은 에스페란토만 쓴다. 왜냐하면, 이 모든 사람이 이해하는 유일한 언어가 에스페란토이기 때문이다. 보잘것없던 도서실은 곧 송환되는 포로 에스페란티스토들이 기증한 도서들로 풍부해졌다. 우의가 돈독해지자 서로의 마음마저 친근해진다. 젊은 부부의 집에서 쓰는 언어가 에스페란토가 되는 그런 결혼도 한두 건이 아니다. 수많은 아가씨가 약혼반지를 끼고 있다.

Antaŭ nelonge okazis la geedziĝa ceremonio de Ernst Mayer kaj Valja Smirnova. La membroj de la unua kurso aranĝis belan festenon por la junaj geedzoj. Antaŭ semajnoj la klubo havis gastojn el la militkaptitejo de Pervaja Rjeĉka. Ekskursoj, literaturaj vesperoj, prezentado de malgrandaj teatraĵoj, murgazeto,plimultigita "informito" montras, ke la lingvo vivas, la parolo fluas kaj la instruado estas konstanta.

며칠 전, 에른스트 마이어와 발랴 스미르노바의 결혼

식이 있었다. 맨 처음의 강습회 회원들은 그 젊은 부부에게 아름다운 축하 자리를 마련했다. 몇 주일 전, 이 협회는 뻬르바야 르예츠까의 포로수용소에서 온 손님들을 맞이했다. 소풍. 문학의 밤. 단막극 공연. 벽보. 부수가 많아진 "소식"지 등으로 보아 우리의 언어가 살아 있으며, 대화가 활발히 오가고, 강습도 지속적으로 이루어진 것을 보여준다.

Ankaŭ nun en unu lernoĉambro Marja Bulski instruas la plej novajn adeptojn, en la alia ĉambro blankhara "junulo", en kiu vi ne rekonus la dudekdujaran Janis Lekko. Li donas la lastajn lecionojn al siaj gelernantoj. Jes, nia bona Janis Lekko farigis blankhara dum la nokto de la japana atako kaj dum la suferplenaj semajnoj, kiujn li pasigis en terura malespero inter la montoj. Tiutempe en sia poŝo li havis du esperantajn librojn kaj en la soleco tiuj konsolis lin. En la tria granda ĉambro estas la klubejo mem. Ho, kia vivo regas tie de mateno ĝis malfrua vespera horo kaj ĉiutage. Kompreneble ne ĉiuj membroj venas ĉiutage.

지금 한 교실에는 마랴 불스키가, 다른 교실에는 이 책의 독자로서는 22살의 야니스 렉코라고 알아채지 못할 정도로 백발의 "젊은이"가 가장 새로운 신입생들을 가르치고 있다. 그랬다. 우리의 착한 야니스 렉코는 그 일본군이 공격을 개시한 날 저녁부터 수십 일 동안 산속에서 참혹한 절망과 고통 속에 지내면서 머리가 그만 하얗게 새버렸다. 그 당시 자기 호주머니 안의 두 권의 에스페란토 책이 그 고독의 나날에 유일한 그의 위안거리였다. 세째로 큰 교실은 협회를 위해서 쓴다. 아, 그곳에는 아침부터 늦은 저녁까지 어떤 삶의 모습인가. 물론 모든 회원이 매일 오는 것은 아니다.

En tiu ĉambro nun Petro Koluŝ adiaŭas. Li ne havas plu amerikan uniformon, sed tiun de la ĉeĥa legio. Li estas ja slovako kaj li revenos al sia naskiĝurbo per tiu granda ŝipo, kiu morgaŭ alvenos en la havenon de Vladivostok.

이 교실에는 지금 페트로 콜루쉬가 작별인사를 하고 있다. 그는 이제 더 이상 미국 군복을 입지 않고 대신 체코 군단의 군복을 입는다. 그는 이제 본 모습대로 슬로바키아 사람이다. 그는 블라디보스톡 항에 내일 도착하는 큰 배로 고향으로 돌아가게 될 것이다.

Ankaŭ Sunfloro sidas senvorte ĉe la tablo kaj malgaje rigardas al sia forta, granda "Amiko". Depost la morto de sia frato ŝi ofte vizitis la societon, sed ŝi silentis pli ol parolis. Ŝia rigardo ĉiam longe ripozis sur tiu granda koro kun la verda stelo, kiun ili kune (Iĉio Pang kaj ŝi) donacis al la societo. Ankaŭ nun ŝia fantazio reaperigas tiun belan vesperon kun la lumigata abio. Refoje ŝi aŭdas la mildavoĉan deklamadon de sia frato kaj denove ŝi sentas la varman mantuŝon de sia "Amiko". Ho, nun li feliĉe ridas, babilas kaj iras de homo al homo por diri -adiaŭon. Ne, Sunfloro ne povas vidi plu tion.

순플로로도 탁자에 말없이 앉아 건장한 "아미코"를 슬프게 바라본다. 오빠가 죽은 뒤로 그녀는 모임에 자주 나오지만, 말을 하기보다는 잠자코 듣는 편이었다. 그녀의 시선은 그들이 함께 (이치오 팡과 그녀가) 이 모임에 기증한 초록별이 달린, 큰 심장모형에 언제나 머물러 쉬고 있었다. 지금도 그녀의 환상은 불켜진 전나무와 같이 보냈던 그 아름다운 저녁을 다시 생각해 낸다. 다시 그녀는 오빠의 온화한 목소리로 된 낭송을 듣고, 다시 "아미코"가 따뜻하게 손을 잡는 것을 느낀다. 아, 지금 그는 행복하게 웃으며, 이야기하고, 이 사람, 저 사람에게 작별인사를 하러 다닌다. 아니, 순플로로는 더 이상 이러한 모습을 바라볼 수가 없다.

Ŝi fermas la okulojn kaj pensas, pensas. Malbelaj bildoj, malbonaj pensoj terurigas ŝian koron. La estonto aperas. La nedezirata estonto kun la dika Lon Fu, kiu ricevis monon por rekonstruigi sian detruitan domon kaj kiu ĉiutage pli kaj pli multe parolas pri ŝi al ŝia patro. La patro ... Kiel maljuna li jam estas. La foriro de Iĉio Pang pli malsanigis lian bonan koron. Se Sunfloro ne havus lin, ŝi preferus iri al tiu nekonata mondo, kie atendas neniiĝo aŭ renaskiĝo. Sed almenaŭ en la nova vivo ŝi ne devus senti tion, kio nun premas ŝian koron per nevidebla fera mano ... Kaj la "Amiko" ridas feliĉe, babilas gaje. Li reiros al sia malproksima hejmo. Por la foririnto estos pli facile ol por la postrestinto. Ĉiam estas tiel.

그녀는 두 눈을 감고 생각에 잠긴다. 아름답지 못한 그림들과 불길한 생각이 떠올라 그녀의 마음을 전율케 한다. 미래가 눈앞에 그려진다. 파손된 자기 집을 다시 짓기 위해서 돈을 받은 그 뚱뚱한 론 푸와 바라지 않는 미래. 론 푸는 더욱 자주 그녀의 아버지를 찾아와 그녀에 대해 이야기한다. 그리고 그녀의 아버지는... 아버지는 얼마나 늙었는가. 이치오 팡의 죽음으로 인해 아버지의 좋아졌던 심장도 더욱 나빠졌다. 순플로로에게 그 아버지가 안 계셨더라면, 그녀도 사멸이나 환생을 기다리는 저 미지의 세계로 벌써 갔을 것이다. 그러면 적어도 그 새로운 삶에서는 보이지 않는 육중한 쇠망치 같은 손으로 자신의 마음을 지금 누르고 있는 것을 느끼지 않아도 될텐데... 그리고 저 "아미코"는 행복하게 웃으며 즐겁게 이야기한다. 그는 자기의 먼 고향으로 되돌아갈 것이다. 떠나가는 사람은 뒤에 남아 있는 사람들보다는 이별이 더 쉬운 법이다. 언제나 그렇다.

-Sunfloro, ni foriru -- ŝi aŭdas lian voĉon, malfermas siajn okulojn kaj obeante sekvas lin. Koluŝ haltas en la koridoro.
-Atendu momenton aŭ iru en la lernoĉambron, kie Marja Bulski instruas. Mi diros adiaŭon al Lekko kaj poste mi iros al ŝi.
-Sunfloro atendas .... Kiam Amiko finas parolo, ankaŭ Sunfloro foriras.

"순플로로, 우리 가요." 그의 목소리를 들었을 때, 그녀는 눈을 뜨고는 반대하지 않고 그를 뒤따른다. 콜루쉬가 복도에서 멈춘다.

"잠시 기다리거나, 아니면 마랴 불스키가 가르치고 있는 저 교실에 가 있어요. 나는 렉코에게 작별인사를 하고 마랴 불스키에게로 갈게요."

"순플로로 기다린다. 야미코가 말 끝날 때, 순플로로 는 떠난다."

Dum Koluŝ estas ĉe Lekko la kursa horo de Marja finiĝas kaj ŝi mem venas renkonte al Sunfloro.
-Sunfloro, delonge mi ne vidis vin. Ĉu vi estis malsana?
-Sunfloro laboras hejme ... en la vendejo ... La patro malsanas.

-Sed ankaŭ vi estas ne tute sana. Mi vidas. Ne tia estas via vizaĝo, kiam vi estas en ordo.

-Amiko foriras. Sunfloro malsanas ... kaj tie, tie -ŝi montras al sia koro -- estas malbona, tre malbona sento,

-Koluŝ foriras. Ĉu? Kien?!

-Granda ŝipo venas sur la granda akvo kaj Amiko foriras ... for ... for ...

콜루쉬가 렉코와 함께 있는 동안 마랴 불스키는 강의를 끝내고, 순플로로를 만나러 다가온다.

"순플로로, 오랜만이에요. 어디 아팠어요?"

"순플로로 집에서 일한다... 아버지가 편찮으시다."

"그런데 당신도 건강하게 보이지 않는데요. 지금 얼굴이 건강할 때의 얼굴은 아니군요."

"야미코 떠난다. 순플로로 아프다... 그리고 그곳, 그곳이..."

그녀는 심장을 가리킨다. "좋지 않다. 아주 좋지 않은 기분이다."

"콜루쉬가 떠난다고요, 정말입니까? 어디로?!"

"큰 배가 큰 물 위에 온다. 아미코 떠난다... 멀리... 멀리..."

Marja paliĝas. Jen, la fantomo de la morgaŭo jam montras sin. Koluŝ foriros, poste la aliaj kaj ankaŭ li. Ŝi rigardas al Sunfloro. Ties vizaĝo estas tiel senmova, ligna kiel ĝi estis ĉe

la lito de Iĉio Pang. Subite Marja komprenas ĉion. La doloro ektranĉas ŝian koron. Ŝi vidas sin mem kaj sian sorton en la dolorrompita Sunfloro. La simpatio, la amo kaj kompato serĉas vortojn en la animo de Marja, sed ŝi diras nur du simplajn frazojn sen konsola forto.
-- Ne malgoju ... La vivo estas tia.

마랴는 창백해진다. 내일의 환상이 벌써 떠오른다. 콜루쉬가 떠나고, 그다음 다른 사람들도, 그마저. 그녀는 순플로로를 쳐다본다. 그녀의 얼굴은 움직임이 없으며 이치오 팡이 침대에 있을 때와 같이 굳어 있다. 갑자기 마랴는 모든 것을 이해한다. 그 아픔이 그녀의 마음을 갈기갈기 찢는다. 순플로로의 찢긴 마음에서 마랴는 자신과 자신의 운명을 본다. 동정, 사랑과 연민이 마랴의 영혼 속에서 적당한 말을 찾지만, 그녀는 위로할 힘이 없어 단지 몇 마디 말만 한다.
"슬퍼하지 마세요... 인생이란 그런 것이에요."

En la okuloj de Sunfloro subite aperas la larmoj kaj ŝia voĉo petante muzikas.
-Sunfloro deziras kiso de la blanka bona fratino ... Unu kiso.
La du knabinoj ĉirkaŭprenas unu la alian. En ili la sama sento ploregas. Tiel la reveninta Koluŝ trovas ilin. Vortoj, belaj vortoj, bondeziroj kaj adiaŭo.

순플로로의 눈에 갑자기 눈물이 나오며, 그녀의 목소리가 애원하듯 들린다.

"순플로로, 백인 착한 언니 포옹을 원한다... 한 번."

그 두 소녀는 서로서로 껴안는다. 그들 둘은 똑같은 감정으로 운다. 그렇게 울고 있는 사이 콜루쉬가 되돌아와, 그들을 발견한다.

대화, 아름다운 말들, 기원과 작별.

Marja longe rigardas al la malproksiĝantaj geamikoj. Ho, kiel ili malsimilas! La rompiĝema ĉina knabino kaj la granda, forta eŭropano. Vere, ili ne decas unu al la alia kaj tamen ... tamen la sama sento kunligas ilin depost la unua renkontiĝo. Dio, Dio, kia! vi kreis malsamajn homojn kaj kial vi metis en ilian koron la saman senton, kiu ne konas diferencon inter rasoj, religioj, nacioj, se ĝi renkontas parencan animon! Kial? Ho, kial, vi justa Dio?

마랴는 멀어져가는 두 친구를 바라본다. 아, 그들은 얼마나 다른가! 수줍음을 잘 타는 중국 소녀와 크고 힘센 구라파 사람. 정말, 그들은 서로가 어울리지 않는다. 그러나... 저 두 사람은 첫 만남 이후로 똑같은 감정으로 연결되어 있다.

하나님, 하나님, 왜 당신께서는 서로 다른 모습의 사람들을 창조했으며, 왜 당신께서는 그들의 마음에다,

그네들이 사랑의 영혼으로 만난다면 인종, 종교, 민족 간의 차별을 모른채, 똑같은 감정을 느끼도록 해놓았나요! 왜요? 오, 왜요, 정의로우신 하나님?

En la diokreda animo de Marja svarmas ribelaj demandoj. Ŝi dezirus forpeli ilin aŭ rifuĝi ien por ne pensi pri la morgaŭo, pri sia morgaŭo. Ĉu en la grandan ĉambron? Ne! Oni vidus, ke ŝi ploris kaj kion oni pensus? Hejmen! Hejmen al la kvar gefratoj! Ili estas ŝia estonteco.

마랴의 하나님을 믿는 영혼에는 회의적인 질문들로 가득차 있다. 그녀는 내일에 대해, 자신의 내일에 대해 생각하지 않으려고 그 질문들을 지워버리거나, 어디로 팽개쳐 버릴 수 있었으면. 저 큰 방에서? 아니 안돼! 그러면 그녀가 우는 것을 사람들이 볼 것이고, 그 사람들이 뭐라고 생각할까? 집으로! 네 명의 동생들이 기다리는 집으로! 그들이 그녀의 미래이다.

La sorto estas kaprica. Ĝi kelkfoje karesas la turmentatan suferanton kaj per subita konsolo forpelas la doloron. Dum la tuta tago Marja tie estis hejme. Ŝi laboris en sia nova oficejo inter dikaj kontorlibroj. Ankaŭ tie ŝi tagmanĝis kaj de tie ŝi kuris al la posttagmeza kurso por instrui. Intertempe alvenis la delonge atendata patro. Li venis surprize, kiel ĉiam en ĉiu jaro unufoje.

운명이란 변덕스러운 것이다. 운명은 때로는 신음하고 있는 고통을 달래기도 하고, 갑작스런 위로로 그 아픔을 가시게 한다. 온종일 마랴는 집에 없었다. 그녀는 두꺼운 사무용 책들에 파묻힌 새 사무실에서 일을 했다. 그곳에서 그녀는 점심을 먹었다. 그리고 오후의 강습장으로 달려갔다. 그 사이에 오랫동안 기다리고 기다리던 아버지가 돌아왔다. 아버지는 매년 언제나 한 번씩 그랬듯이 갑자기 돌아왔다.

Kiam Marja malfermas la pordon de la hejmo, ŝi vidas antaŭ si du pace sidantajn virojn: Paŭlon kaj lin, la amatan patron. Kvazaŭ ŝi flugas al la brakoj de la patro, ĉirkaŭprenas lian kolon kaj kisas freneze lian vizaĝon, griziĝantajn harojn.

마랴가 집의 출입문을 열었을 때, 그녀는 자기 앞에 평화롭게 앉아있는 두 남자를 본다. 파울로와 사랑하는 아버지. 그녀는 날듯이 아버지의 두 팔에 안겨, 아버지의 목을 껴안으며, 아버지 얼굴에, 희끗희끗한 머리에 마구 입맞춘다.

-Patro ... Patreto ... Paĉjo, ci, ci kara, ci amata ... Dio, kiel bona vi estas!
-Mi volis sciigi vin kaj anstataŭ vi gvidi la instruan horon, sed li ne permesis -Nadai pardonpete klarigas al ŝi.

-Negrave! Nenio estas grava nun, kiam li, vi, ni ĉiuj estas kune ... Ho, kiel feliĉa mi estas! ... Sed en kiu lingvo vi parolis kun mia patro?

"아버지... 아빠... 아빠, 내 사랑... 하나님, 당신은 얼마나 선하신가요!"

"아버지가 오신 것을 알려주고, 내가 대신 강습회를 지도하려 했지만, 아버지께서 허락을 안 하셨어요."

나다이가 용서를 구하듯이 그녀에게 설명한다.

"괜찮아요! 아빠와 선생님, 우리 모두 함께 있는데, 지금 다른 것은 아무것도 중요하지 않아요... 아, 얼마나 행복한가!... 그런데 아버지와 무슨 언어로 이야기를 나누었나요?"

-Nun kelkajn vortojn ruse. Ni ne parolis. Ni rigardis unu la alian en silento. Via patrino parolis pri mi kaj la geknaboj ... ankaŭ ili montris laŭ propra maniero, ke mi ne estas fremda en via hejmo. La plej malgranda Valja, la eta timemulino, eĉ rifugis al mi de la patra kiso. Ŝin fortimigis la granda barbo de la paĉjo. Sed poste ...

-- Ho, mi scias. Antaŭ du jaroj okazis same ... Jes, du jarojn vi ne estis hejme, patro.

Patro kaj filino komencas reciproke demandi, respondi. Nadai diskrete lasas ilin solaj kaj iras en la alian ĉambron por helpi laŭeble al la mastrino, kiu subite revigliĝis kaj nun ŝajnas pli juna kelkajn jarojn ol hieraŭ.

"러시아말로 몇 마디만. 우리는 많은 이야기를 나누지 못했어요. 조용히 서로 바라보고 있었지요. 어머니께서 나에 대해, 또 동생들에 대해 말씀이 있었어요... 그 아이들도 내가 당신의 집에서 낯선 사람이 아니라는 것을 저희 나름대로 보여주고 있었어요. 저 가장 키 작은 발랴, 저 귀여운 겁쟁이는 나에게 아버지가 입맞춤도 하지 못하게 했어요. 아빠의 큰 수염이 저 아이를 겁먹게 했어요. 그러나 나중에는..."

"아, 알겠어요, 두 해 전에도 그랬어요... 그리고 보니, 아버지는 두 해 동안 집에 안 계셨어요."

아버지와 딸이 서로 묻고, 대답하기 시작한다. 나다이는 분별 있게 그들이 즐겁게 지낼 수 있도록 자리를 피해 다른 방으로 가서, 갑자기 다시 활기를 띠며, 지금은 어제보다 몇 해 젊어 보이는 안주인인 마랴 어머니를 가능한 한 도우려고 했다.

Subite malfermiĝas la pordo. Kvazaŭ kure Marja venas en la ĉambron. Ŝi estas tute pala, sed kiam ŝia rigardo renkontas tiun de Nadai, ŝi facile ekĝemas.

-Kio okazis? -li demandas.

-Nenio ... Dank' al Dio, nenio -kaj la koloro de la vivo denove revenas al ŝiaj vangoj -iomete mi ektimis, ke vi foriris sen adiaŭo.

갑자기 그 방의 문이 열린다. 마랴가 뛸 듯이 그 방으로 온다. 그녀는 완전히 창백해 있었지만, 그녀는 시선이 나다이와 마주치자, 한숨 쉰다.

"무슨 일이 있어요?" 그가 묻는다.

"아무 일도... 하나님 덕택에, 아무 일도."

그리고 생기가 그녀의 얼굴에 다시 비친다.

"선생님이 작별인사도 아니 하고 떠났다고 좀 걱정했어요."

-Vi, infano! Neniam mi foriris sen adiaŭo kaj neniam mi foriros.

La rigardo de Marja longe, iom dolore profundiĝas en tiun de Nadai.

-Kiu scias? -ŝi diras mallaŭte, kvazaŭ spire

-Eble estus pli bone, pli facile sen adiaŭo.

"어린아이같이! 나는 작별인사하지 않고 떠난 적이 없고, 결코 그렇게 하지 않을 거요."

마랴의 시선이 한동안 슬프게 나다이의 시선에 머물러 있다.

"누가 알아요?"

그녀는 낮게, 마치 숨쉬듯 말한다. "작별인사는 없는 편이 더 좋고 더 쉬울지도 모르죠."

Ĉapitro 11: Adiaŭ Siberio! 시베리아여 안녕!

La suno ankoraŭ varme brilas, sed la aŭtuna vento jam portas kun si la spiron de la proksimiĝanta vintro. Polvonuboj, pelataj de la vento, dancas, kuras, jen ekkuŝas, jen denove levas sin sur la stratoj.

해는 여전히 따뜻하게 빛나고 있지만, 가을바람은 벌써 다가오는 겨울의 입김을 지니고 있다. 바람이 먼지구름을 일으키며 휘몰아친다. 다시 잠잠하다가 다시 거리에 먼지구름이 인다.

La grandaj militkaptitejoj iom post iom senhomiĝas, la esperantaj societoj senmembriĝas. La vivo estas malpli vigla. En Oktobro preskaŭ ĉiusemajne alvenas ŝipoj kaj la adiaŭaj kunvenoj fariĝas pli oftaj. Sed la malnovaj geamikoj, escepte la forirantan Koluŝ, ankoraŭ estas kune. Nur Sunfloron oni ne povas vidi. Depost tiu tago neniu vidis ŝin, onidire eĉ ne ŝia patro. Kien ŝi malaperis? Kiu scias?

큰 포로수용소마다 사람은 점점 줄어들고, 에스페란토 단체들도 회원이 줄어간다. 생활도 활기를 점점 잃어 간다. 시월에는 거의 매주 배들이 도착하고, 작별의 모임은 더욱 잦다. 그러나 먼저 귀향한 콜루쉬를 제외

한 오랜 친구들은 아직은 함께 있다. 순플로로만 보이지 않는다.

그날 뒤로 아무도 그녀를 보지 못했으며, 소문으로는 그녀의 아버지도 딸을 보지 못했다고 한다. 그녀는 어디로 사라졌을까? 누구 아는 사람은 없는가?

La maljuna ĉino lignovizaĝe, ŝajne indiferente sidas sur la strato antaŭ la pordo de sia komercejo kaj pipfumas, kvazaŭ nenio estus okazinta. Surda homo estas filozofo. Li aŭskultas, sed jam ne plu aŭdas la matenan koncerton: la ĉinaj soldatoj vane trumpetas por li en la kazernoj. Li aŭskultas la vesperan koncerton: la kanto kaj muziko de la ĉinaj aktoroj en la teatro ne plu atingas liajn orelojn. Li nur sidas kaj pipfumas.

늙은 중국사람은 자기 가게 문 앞의 거리에 목석처럼 무관심하게 앉아 마치 아무 일도 없었던 것처럼 담배를 물고 있다. 귀가 먼 사람은 철학가다. 그는 주의 깊게 듣지만, 이젠 아침의 연주도 못들을 정도다. 병영의 중국 군인들은 그에게는 아무 소용없는 트럼펫을 불고 있다. 그는 저녁의 연주를 듣는다. 극장에서 벌어지는 중국 배우들의 노래와 음악은 더 이상 그의 귀에는 들리지 않는다. 그는 앉아서 담배만 물고 있다. 포로수용소 안의 많은 병영에는 사람들이 별로 없다. 나다이는 더 이상 가르치지 않는다. 그는 정기적으로 모임에 참가하고, 곧 떠날 친구들과 여러 시간을 보낸다. 마랴와 렉코가 열성적으로 가르친다.

Marja havas turmentajn tagojn. Ŝia taglibro estas plena de plendaj kaj ribelaj pensoj. Ŝi havas nur unu esperon, ke en tiu ĉi jaro jam ne plu venos ŝipo por la militkaptitoj kaj nur printempe povos foriri tiuj, kiuj restis en la kazernoj. Oni diras tion. Ankoraŭ unu vintro, printempa vintro por ŝi. Poste ja venos vintraj printempoj. Ŝi sentas tion. Ho, se ŝi povus haltigi la tempon!

마랴는 고통의 나날을 보낸다. 그녀의 일기장은 불평과 반항의 사념으로 가득 차 있다. 그녀의 유일한 희망은, 올해에는 더 이상 포로들을 데리고 갈 배가 오지 말고, 병영의 나머지 포로들은 다가오는 봄에 떠났으면 하는 것이다. 사람들이 그렇게 이야기하기도 한다. 아직은 그녀에게는 겨울, 봄 같은 겨울이다. 다음에는 정말 겨울 같은 봄이 올 것이다. 그녀는 그것을 느낀다. 아, 그녀가 세월을 멈추게 할 수 있었으면!

Sed la tempo estas nehaltigebla, la sorto estas senindulga. En iu mateno telegramo alvenas al la komandanto de la militkaptitejo kaj denove por sescent hejmsopirantoj ĝi realigas la milfoje prisonĝitan revenon al la patrolando … Kaj

Nadai estas inter ili.

그러나 세월은 멈춤이 없고, 운명은 냉정한가. 어느 날 아침 전보가 전쟁포로 수용소의 사령관에게 배달된다. 그리고 다시 고향을 그리는 육백 명의 사람들에게 수천 번이나 조국으로 되돌아가기를 갈망하는 꿈을 실현시켜 준다... 그리고 나다이도 그 속에 들어 있다.

Jen, tamen alvenis tiu ŝipo. La lasta ŝipo en la jaro. Ne gravas! Ĝi estas ne granda. Ne ĉiuj povas iri per ĝi. Ne grave! La homoj freneze ĝojas, kure adiaŭas. Morgaŭ okazos la enŝipiĝo en Vladivostok. Ek al la stacidomo! Hejmen! Hejmen! Ho, ĉiopova Dio, fine post kvar, kvin, ses jaroj, post militaj kaj revoluciaj teruraĵoj hejmen! Ek! Rapidu, rapidu! La vagonaro jam estas irpreta. Hejmen! Ek al la paco! Adiaŭ Siberio!

마침내, 그 마지막 배, 올해의 마지막 배가 도착했다. 상관없다! 이 배는 크지 않아 모두가 다 이 배로 갈 수 없다. 그래도 개의치 않는다! 사람들은 미칠 정도로 기뻐하면서 뛰어다니며 작별인사를 한다. 내일 블라디보스톡에서 배를 탈 것이다. 역으로 출발! 고향으로! 고향으로! 오, 전능하신 하나님, 4년, 5년, 6년이 지난 뒤, 전쟁과 혁명의 공포가 지난 뒤에야 결국 고향으로! 출발! 빨리 빨리! 열차는 이미 떠날 준비가 되어 있다. 고향으로! 평화의 세계로 출발! 시베리아여,

안녕!

Nadai ne estas inter la freneze ĝojantoj. Li apartenas al tiu grupo de la forirontoj, kies koron disduigis la Vivo. Unu duono de tiu koro malespere kroĉiĝas al tiu ĉi sanga tero de la suferoj kaj teruroj; la alia duono vokas, postulas lin al la malproksima hejmo. Li devus diri nur unu vorteton kaj li povus resti ĉi tie. Ankoraŭ centoj volonte irus anstataŭ li. La lasta ŝipo en la jaro! La lasta ŝipo!

 나다이는 그 미칠 정도로 즐거워하는 사람들과는 다르다. 한편, 그는 운명이 떠나는 사람들의 마음을 둘로 갈라놓고 있는 사람들의 편에 있다. 마음의 한쪽은 고통과 공포가 가득한 이 피어린 땅에 절망적으로 매달리는 것이요, 다른 한쪽은 저 먼 고향으로 돌아갈 것을 요구하는 것이다. 그가 한마디만 하면 여기에 남을 수도 있을 텐데. 아직도 수백 명이 그를 대신해서 기꺼이 가려고 할텐데. 올해의 마지막 배다! 마지막 배!

La dua duono de la koro estas la pli forta. Li decidas iri kun la aliaj. La maro ne nur disigas, sed ĝi estas ankaŭ vojo por retrovi la amikon. Hejmen, hejmen -krias la sento en li. Unue reordigi ĉion en la hejmo kaj poste ... Jes, poste li jam scios, kion fari!?

Nadai kuregas en la urbon. Rekte al la kontoro, kie Marja laboras. Ekvidante lin ŝi paliĝas, kvazaŭ ŝi antaŭsentas la kruelan sortobaton, kiun lia apero signifas en tia nekutima frua horo.

그는 고향으로 돌아가고픈 마음이 더 간절하다. 그는 다른 사람들과 함께 갈 결심을 한다. 바다는 친구와 헤어지게 할 뿐만 아니라 다시 만나게 해주는 길이기도 하다. 고향으로, 고향으로... 그의 마음속의 감정이 소리친다. 먼저 고향에서 모든 것을 재정리하고, 그 다음... 그래, 그 다음에 그는 무엇을 해야 할지 이미 알고 있다!?

나다이는 시내로 급히 뛰어간다. 곧장 마랴가 일하고 있는 직장 사무실로 향하여. 그를 보자 그녀는 창백해진다. 마치 그런 비일상적인 이른 시간의 그의 출현이 그 잔인한 운명을 예감하기라도 하듯이.

-Marja, post du horoj ekiros nia vagonaro al Vladivostok kaj morgaŭ onidire okazos la enŝipigo -li diras simple kaj tamen tiel kruele.
Ho, la ĝojanto ofte estas kruela kaj Marja vidas en liaj okuloj la saman ĝojbrilon, kiun ŝi iam estis vidanta en la okuloj de la foriranta Koluŝ.
-Kaj kion nun? ... Kien nun? -ŝi demandas malespere. Ŝia voĉo estas tre mallaŭta, ŝiaj lipoj plore tremetas.

-- Kien? Al la klubejo kaj poste al via hejmo. Mi ne iros plu al la militkaptitejo. Miaj kamaradoj zorgos pri miaj pakaĵoj. Mi petis ilin.

"마랴, 2시간 뒤 우리 열차가 블라디보스톡으로 출발해요, 그리고 들리는 말로는, 내일 배를 탈 것이라고 해요."

그는 간단히 그러나 그렇게 무정하게 말한다.

아, 기뻐하는 사람도 때로는 무정하다. 마랴는 떠나는 콜루쉬의 눈에서 본 적이 있는, 그 똑 같은 즐거운 눈빛을 그의 눈에서 보고 있다.

"그리고 지금은 무엇을?... 지금 어디로?"

그녀가 절망적으로 묻는다. 그녀의 목소리는 아주 낮고, 그녀의 입술은 울듯이 떨고 있다.

"어디라고요? 강습 장소로, 그리고 나중에 당신 집으로. 나는 더 이상 포로수용소로 가지 않을 거요. 동료들이 내 짐을 정리해 놓을거라구요. 내가 그들에게 부탁했어요."

La ĉefo de Marja kompreneme konsentas pri kelkhora libertempo. Ili senvorte rapidas tra la bone konataj stratoj al la lernejo, kie nun troviĝas la klubejo de la esperanto societo. Nadai pense adiaŭas de ĉio: de la stratoj, de la domoj, de la primitiva ligna trotuaro, de la "urba parko", de ĉiu konata kaj nekonata vizaĝo sur la stratoj. Li adiaŭas kaj lia mano tenas forte, kvazaŭ spasme ŝian manon.

마랴가 일하는 곳의 직장 대표는 너그러이 몇 시간 동안의 외출을 허락한다. 그들은 말없이 지금 에스페란토협회 강습회장에 있는 학교로 향하는 잘 알려진 길을 따라 서둘러 갔다. 나다이는 거리, 집, 나무로 만들어진 인도, "시립공원", 이 모든 것과 마음속으로 작별인사를 하고 있다. 그는 작별한다. 그의 손은 강하게, 쥐가 날 정도로 그녀의 손을 잡는다.

Ili preterpasas la iaman hejmon de Iĉio Pang. Nadai salutas lian patron. La maljuna ĉino sen resaluto sidas plu kaj pipfumas. Lia rigardo direktiĝas ien al la fora malproksimo.

En la klubejo la famo pri la foriro de Nadai jam estis alvenanta antaŭ lia apero kaj la geamikoj decidis, ke kelkaj, kiuj povas, vojaĝos al Vladivostok por diri koran adiaŭon al la instruisto kaj fondinto de la societo. La membroj de la unua kurso estas tre silentaj. La prema humoro havas efikon ankaŭ al la aliaj membroj ... Kaj denove vortoj, vortoj, koraj bondeziroj.

La maljuna Kuratov kortuŝite premadas la manon de Nadai.

-Frato, ne forgesu nin kaj estu sana!

그들은 이치오 팡이 살던 집을 지나간다. 나다이는

그의 아버지께 인사한다. 늙은 중국사람은 인사를 해도 대답 없이 계속 앉아 담배만 물고 있다. 그의 시선은 아득히 먼 저 어딘가를 바라보고 있다.

협회에는 나다이가 떠난다는 소문이 그가 나타나기 전에 이미 알려져 있었기에, 친구들은 이 모임의 선생님이자 창립자인 그에게 진심의 작별인사를 나누기 위해 몇 명이 블라디보스톡으로 동행하기로 결정했다. 첫 강습회 회원들은 더욱 말이 없다. 그 무겁게 가라앉은 분위기가 다른 회원들에게도 영향을 미친다... 그리고 다시 대화, 몇 마디 말, 진심 어린 작별인사들.

나이 많은 쿠라토프는 나다이의 손을 격한 감정으로 꽉 쥔다.

"형제여, 우릴 잊지 말고, 건강하게!"

Li ne povas paroli pli. La kutima oratoraĵo haltas ĉe lia gorĝo premata de emocio. Li ĉirkaŭprenas kaj kisas lin. Unu post la alia la malnovaj geamikoj paŝas al li kaj ili donas la adiaŭan kison. La okuloj de Nadai ne ridas plu. La ĝojo dronas en malĝojajn pensojn.

Ĉiu ŝtele rigardas al Marja. Ŝi staras senmove kaj ŝia pala vizaĝo estas tiel rigida, kiel iam tiu de Sunfloro. Larmoj ne estas en ŝiaj okuloj. Ĉio, kion ŝi vidas, rememorigas al ŝi la unuan poemon de Iĉio Pang. Ĝin ĉiuj lernis ja parkere.

그는 더 이상 할 말이 없다. 평소 잘하던 말도 감정

에 압도되어 목에서 멈춘다. 한 사람 한 사람씩 오랜 친구들이 다가가, 그에게 작별의 입맞춤을 한다. 나다이의 눈에도 이제 웃음이 보이지 않는다. 기쁨은 슬픈 생각들로 묻혀버린다.

모두 몰래 마랴를 보고 있다. 그녀는 움직이지 않고 서 있고 그녀의 창백한 얼굴은 언젠가 순플로로의 얼굴처럼 굳어 있다. 눈물이 그녀의 눈에는 보이지 않는다. 그녀는 이 모든 장면을 보면서 이치오 팡이 지었던 맨 처음의 시가 생각났다. 모두 그 시를 외우고 있었다.

"En homan mondon venas Amo per Nova Sento, kormuziko; vi faras Pacon el malamo kaj fraton el la malamiko."

세상에 새로운 감동을, 사랑의 아름다운 마음을 전하는 너는 세상의 증오와 복수를 평화와 형제애의 마음으로 바꿔주네.

Kaj Iĉio Pang pravas. Nur tiu neniam sentas sin frato, kiu mem ne volas vidi fraton en la alia homo.

그리고 이치오 팡은 옳았다. 자기 스스로 다른 사람을 형제로 대해 주려 하지 않는 사람은 결코 자신을 형제로 느끼지 못한다.

La granda nigroventra ŝipo staras ĉe la bordo de la haveno. Sur la kajo mil ducent iamaj militkaptitoj atendas laŭvice sian enŝipigon.

Bogatireva, Tkaĉeva, Kuratov kaj Lekko staras apud la forirontoj. Nadai kun sia amiko Ŝaroŝi parolas al Vonago, kiu venis kun sia helpnotario por adiaŭi.

검은색의 큰 배가 항구의 해변에 서 있다. 부둣가에 는 한때 포로였던 1,200명의 사람이 차례로 승선을 기 다린다.

보가티레바, 트카체바, 쿠라토프와 렉코는 떠나는 사 람들 옆에 서 있다.

친구 샤로쉬와 나다이는 작별인사하러 공증인보와 같 이 온 보나고와 이야기한다.

Marja ne venis. Ŝin retenas la kontora laboro. Sed almenaŭ ŝi estus povinta sendi kelkvortan satuton. La geamikoj ja venis per la posta vagonaro. Nadai pensas nur pri ŝi kaj pri la hieraŭa tago. Ilia disiĝo estis tiel stranga. En ŝia hejmo li dankis al ŝia patrino pro la bonkoreco, per kiu ŝi donis familian varmon al la senhejmulo en Siberio. La malsana virino malgaje karesis liajn harojn, diris kelkajn vortojn en la pola lingvo. Li kisis la infanojn. Orela, Tadeusz, Erna senvorte, nur per malĝoja rigardo, ĉirkaŭprena alpremiĝo diris "feliĉan vojaĝon". Nur la plej malgranda Valja ekploris kaj preskaŭ sufokis lin per siaj infanaj braketoj.

마랴는 오지 않았다. 사무실 업무 때문에 그녀는 움직일 수가 없다. 그러나 그녀는 적어도 몇 마디 인사를 보낼 수도 있을 텐데. 친구들은 정말 다음 열차로 왔다. 나다이는 그녀와 어제 있었던 일만 생각한다. 그들의 헤어짐은 정말 이상했다. 그녀의 집에서 그는 그녀의 어머니에게 시베리아에서 집없는 사람에게 가족같이 따뜻하게 대해준 것에 대해 감사를 표시했다. 편찮은 어머니는 슬프게 그의 머리를 만지며 폴란드말로 몇 마디를 했다. 그는 아이들에게 입을 맞추었다. 오렐라, 타테우즈, 에르나는 말없이 슬픈 시선으로서만, 껴안은 것으로 작별인사를 대신했다. 가장 작은 발랴는 결국 울었고, 그 작은 팔로 껴안을 때 그는 거의 질식할 정도였다.

-Antaŭ monato paĉjo kaj nun vi. Kiu restos kun ni? -Ŝi plendis tiel korŝire, kiel nur infano povas.
Kaj poste ek al la stacidomo rapide, kure. Nadai parolis, parolis. Marja silentis. Nur ĉe la stacidomo, antaŭ la envagoniĝo ŝi retrovis sian voĉon.

"한 달 전에는 아빠가, 이번엔 선생님이, 누가 저희들과 함께 남아 있겠어요?"

발랴는 어린아이만이 할 수 있는 불평을 토로했다.

그리고는 그는 역으로 바삐 달리듯이 갔다. 나다이만 계속 이야기했다. 마랴는 말이 없었다. 역에서 나다이가 기차를 타려고 할 때 겨우 그녀는 한마디 말을 했다.

-Atentu, kara! Se vi fartos malbone, tuj ekkuŝu! Kontraŭ marmalsano onidire tio estas la plej bona rimedo.

-Mi ne timas la maron. Ĝi estas tiel bela, tiel mistera. Mi amas ĝin.

-Jes... Vi amas ĝin kaj mi... Dio estu kun vi!

Subite ŝi manpremis forte, poste liberigante sian manon ŝi forkuris kaj kuris nererigardante kaj ŝi kuris nehaltigeble.

"조심하세요, 선생님! 배에 타서 기분이 좋지 않으면 곧 누우세요! 뱃멀미의 가장 좋은 처방이에요."

"나는 바다를 무서워하지 않아요. 바다는 아주 아름답고, 아주 신비로워요. 나는 바다를 사랑해요."

"그래요... 선생님은 바다를 사랑해요. 그리고 나는... 하나님이 당신과 함께 계실 거예요!"

갑자기 그녀는 힘껏 악수하고는 손을 빼고서 멀리 달려갔다. 그리고 쳐다보지 않고 달렸다. 그녀는 멈출 수 없을 정도로 달렸다.

Jen tio okazis hieraŭ kaj nun ... nun baldaŭ ili ĉiuj estos for. Jam la unuaj vicoj ekiras. Kelkaj kamaradoj jam apogante sin al la balustro sur la ferdeko parolas ŝerce al la surborde starantoj.

Ankaŭ la vico de Nadai ekiras kaj en tiu momento fraŭlino Tkaĉeva ŝovas leteron en lian manon.

-De Marja ... Ŝi diris, ke en la lasta minuto mi transdonu ĝin. Estu feliĉa kaj sana, kara instruisto nia!

La koro de Nadai forte ekbatas. Ĉu pro subita konsolo aŭ terura doloro? Li mem ne scias.

그런 일이 어제 있었다.

그리고 지금... 지금 곧 그들 모두는 떠날 것이다. 벌써 첫째 줄이 움직인다. 몇몇 동료들이 배의 갑판 위에 있는 난간 기둥을 짚고 부둣가에 서 있는 사람들에게 놀리며 말하고 있다.

나다이가 서 있던 줄도 움직인다. 바로 그 순간 트카체바 양은 편지를 그의 손에 살그머니 쥐어 준다.

"마랴가... 마지막 순간에 제가 이것을 전하도록 마랴가 말했어요. 행복하고 건강하세요. 우리들의 사랑하는 선생님!"

나다이의 마음은 강하게 뛰기 시작한다. 갑작스런 위로 때문인가, 아니면 잔인한 아픔 때문인가? 그 자신도 모른다.

La ŝipo pasas ... pasas ... Longan strion ĝi

lasas post si en la senlima akvo ... sed la ondoj venas kaj forviŝas la postsignon. La maro estas tiel glata en la malproksimo, kvazaŭ la ŝipo neniam estus tranĉinta ĝian supron.

Nadai sidas sur la ferdeko ĉe la poŭpo de la ŝipo kaj rigardas la longan strion. Lia mano, inerte kuŝanta sur lia genuo, tenas la multfoje legitan leteron de Marja. Jam tagoj pasis, tamen li ĉiam reprenas kaj relegas ĝin, kvankam li jam konas parkere ĉiun frazon ĝian.

배는 간다... 가고 있다.... 배가 경계 없는 물 위에 긴 선을 그린다. 그러나 파도가 와, 그 자취를 씻어버린다. 바다는 배가 결코 바다의 표면을 자를 수 없다는 듯, 바다는, 먼바다는 그렇게 고요하다.

나다이는 배의 선미 갑판에 앉아 긴 한 줄기 물결을 바라본다. 그의 손은 무릎 위에 무기력하게 놓여 있으며, 여러 번 읽은 마랴의 편지를 쥐고 있다. 며칠이 지났다. 그는 편지의 모든 문장을 이미 외우고 있는데도, 언제나 다시 잡고는 다시 읽는다.

"Adiaŭ, Amiko, vi kara, karega, Vi, pli bela duono de mia animo! Adiaŭ! Kaj ne koleru, ke mi senkise forkuris de vi. Mi tiel sentis, ke mi estus mortinta inter viaj brakoj kaj mi devis pensi pri miaj malsana patrineto kaj kvar preskaŭ orfaj gefratoj. Pardonu min!

Pro la instruo, pro la konsola bela sento akceptu mian profundan larman dankon kaj estu konvinkita, ke via disĉiplino gardostaros ĉe la stelhava koro de Iĉio Pang ĝis la lasta bato de sia propra koro.

La dia favoro akompanu viajn paŝojn! Adiaŭ, amiko! Ĝis tombo anime via: Marja."

"안녕히 가십시오, 선생님. 사랑하는 선생님. 선생님은 내 영혼의 더욱 아름다운 반을 차지하고 있어요! 안녕히! 그리고 내가 선생님과 헤어질 때 포옹이 없었다고 화내지 마십시오. 나는 선생님의 두 팔에 안겨 죽을 수 있었으면 하고 느끼지만, 나는 편찮으신 어머니와, 거의 고아 같은 동생 넷을 생각하지 않을 수 없군요. 용서해 주세요! 가르침과 위로를 해주는 아름다운 감정을 가르쳐 주심에 대해 깊고도 눈물어린 감사를 받아 주세요. 그리고 선생님의 제자는 심장의 마지막 숨을 멈출 때까지 이치오 팡이 만든 별이 함께 하는 심장모형을 지키고 있을 거예요.

하나님의 은총이 선생님 앞날에 함께 하기를!

안녕히 가십시오, 선생님!

다음 세상에서 다시 만나길.

마랴 올림."

Kaj Nadai komencas senti, ke la maro estas senkora, kruela monstro... Ondoj venas, forviŝas eĉ tiun strian postsignon kaj ĝi estos tiel glata,

kvazaŭ nenio estus tranĉinta ĝian supron...
Adiaŭ, Siberio!

나다이는 이제 바다가 무심하고 무정한 괴물이라는 것을 느낀다... 파도가 다가와, 물결의 흔적조차 지워버린다. 그리고 저 바다는 마치 아무것도 표면을 자르지 않았던 것처럼 고요하다...

안녕, 시베리아여! (*)

저자에 대하여
-율리오 바기(Julio Baghy, 1891~1967)

헝가리의 연극배우이자 작가, 시인, 에스페란토 교육자. 1911년 에스페란토에 입문한 작가는 에스페란토 '내적 사상'에 매료되었다. 그는 1차 세계대전 당시 시베리아의 전쟁포로 수용소에서 에스페란토로 시를 쓰고 동료 포로들에게 에스페란토를 가르쳤다. 전후 헝가리로 돌아와 토론 모임과 문학 행사를 조직하며 에스페란토 운동의 지도자 중 한 사람이 되었다.

작가는 여러 에스페란토 잡지들과 협력했으며 "문학세계"(LITERATURA MONDO)의 편집장으로 1933년까지 일했다. 그의 삶에서 말하고자 했던 사상은 그의 문학작품을 통해서 잘 나타난다. 그의 사상이란 "사랑이 평화를 창조하고, 평화는 사람다움을 지니게 하며, 그 사람다움이야말로 가장 높은 이상"이라고 할 수 있다.

시인으로서 작가는 국제어 민중의 공동 기초인 인간성을 감동적으로, 서정적으로 통역한 사람이다. 이 때문에 에스페란티스토가 아닌 사람들에게는 어렵게 이해되는 가장 "에스페란티스토다운" 시인이라고 한다. 그는 『Preter la Vivo』(1922)를 비롯한 여러 권의 시집과 12개 나라의 민속 우화를 시로 재해석한 『Ĉielarko』(1966)를 펴냈다.

『삶의 곁에서』(Preter La Vivo)(1922)는 그의 첫 시집으로 에스페란토 시의 새 장을 열었다. 독자들은 시인이 말하는 인류인주의 사상으로 매혹되었다. 『순례』(Pilgrimo)(1926)는 그의 둘째 시집으로 낭만적인 향기에 비장감이 더 강하게 나타난다. 『유랑하는 깃털』(Migranta Plumo)(1929)에서는 새로운 형식을 추구했다. 『방랑자는 노래한다』(La Vagabonda Kantas) (1933)은 그의 마지막 시집으로 고전 에스페란토로 회귀하며, 헝가리 시의 영향을 받고 있다. 『무지개』(Ĉielarko)(1966)는 12개 민족 동화를 시로 재창작했다. 『가을의 낙엽들』(Aŭtunaj Folioj) (1970)는 그의 사후에 발표되었다.

소설가로서 그는 단순한 구성을 유지하면서 가장 온화하고 고요한 방식으로 인간의 나약함에 대한 연민과 해학성을 함께 담고 있다. 작가의 소설 작품을 발표순으로 살펴보면 다음과 같다. 『꼭두각시들은 춤춰라』(Dancu Marionetoj)(1927)에서 그는 자신을 평화를 위해 싸우는 사람으로, 곳곳에 검정색을 사용하지만, 풍자문학가로서 날카로운 펜을 사용한다. 『가을 속의 봄』(Printempo en la Aŭtuno)(1931)에서는 너무 섬세한 비장감으로 젊은 남녀 주인공들의 싹트는 사랑을 특별히 아끼며, 주역들의 심리를 예리하고 세밀하게 파스텔화로 그리고 있다. 문체, 구성, 내적 정열, 유머로 독자들은 낭만적 인물의 허구성에도 불구하고 이 소설을 애호하지 않을 수 없다. 바기의 『가을 속의 봄』을 번역한 중국 유명 작가 바진(巴

金)은 이 책에 대한 화답으로 『봄 속의 가을』을 썼다. 이 두 작품은 2008년 갈무리 출판사에서 번역 출간되어, '문화공보부 우수도서'로 추천되었다.『만세!』(Hura!) (1930)와『초록의 돈키호테』(Verdaj Donkihotoj)(1933)는 인간 지식과 사회 구성원에 대한 풍자를 보여준다. 『극장의 바구니』(La Teatra Korbo)(1934)는 어린 시절부터 가지고 있었던 추억을 작품으로 풀어냈다.

『희생자』(Viktimoj)(1925)와『피어린 땅에서』(Sur Sanga Tero)(1933)는 그의 소설 중 가장 많은 사랑을 받은 작품이다. 그의 시베리아 수용소 생활을 소재로 하고 있다. 이 두 작품에 이어, 제2차 세계대전 발발 전의 유럽에서 에스페란토 세계에 다시 한번 환기시킨 동화 같은 작품을 쓴다. 에스페란토에 입문하는 사람들과 기존 에스페란티스토에게 에스페란토가 가진 내적 사상을 가장 아름답게 표현해 준 이 작품이 바로 강습 교재로도 널리 사랑을 받은 『푸른 가슴에 희망을』(La Verda Koro)(1937)이다.

진달래 출판사에는 지난해 『희생자』와 『피어린 땅에서』를 번역 출간한 뒤, 이번에 에스페란토-한국어 대역의『푸른 가슴에 희망을』까지 출간했다.

연극작가로서 작가는 두 청춘 남녀의 사랑을 서정적이고 감동적인 이야기로 풀어낸『사과나무 아래의 꿈』(Sonĝe Sub Pomarbo)(1956)과 제3차 국제예술제에서   공연한『네델란드인형』(La Holanda Pupo)(1966)이 있다.

그 밖에도 에스페란토의 창안자 자멘호프의 탄신일을 '에스페란토 책의 날'로 제안했다. 말년에는 체-방법(CSEH-Metodo:에스페란토를 에스페란토로 가르치는 방법)의 강사로 에스토니아, 라트비아, 네덜란드, 프랑스 등지의 강습회를 지도했다.

[작가의 시]

Estas mi esperantisto
저는 에스페란티스토입니다.

Verkis Julio Baghy

Verda stelo sur la brusto
Iom palas pro la rusto.
Mi ne estas purigisto
Estas mi esperantisto.

제 가슴에 초록별이
녹슬어 좀 색이 바랬어요.
저는 청소하는 이가 아니에요
저는 에스페란티스토입니다.

Kuŝas ie sub tegmento
Netuŝebla Fundamento.
Tuŝu ĝin nur la Mefisto;
Estas mi esperantisto.

지붕 아래 어딘가에
건드릴 수 없는 <푼다멘토> 책.
그 책을 악마(Mefisto)[8]만 건드리게 해요;
저는 에스페란티스토입니다.

---

8) *역주: 파우스트 박사의 전설에 나오는 악마의 이름

Polv-kovrite sur bretaro
Putras mia SAT-vortaro.
Tedas min la vorto-listo;
Estas mi esperantisto.

제 서가에 먼지 쌓인 채 있는
에스페란토 큰 사전은 썩어 가요.
그 낱말 배열이 지루해요.
저는 에스페란티스토입니다.

Gramatikon mi ne konas
Kaj gazetojn ne abonas.
Librojn legu la verkisto,
Estas mi esperantisto.

문법은 제가 잘 몰라도
잡지는 구독하지 않아요.
서적은 작가가 읽어요.
저는 에스페란티스토입니다.

Mi parolas kun rapido:
"Bonan tagon, ĝis revido"
Ĝi sufiĉas por ekzisto,
Estas mi esperantisto.

"보난 타곤, 쥐스 레비도"라고
저는 서둘러 말해요.
그 말이면 제 존재는 충분해요.
저는 에스페란티스토입니다.

Pionirojn mi kritikas,
La gvidantojn dorne pikas
Kaj konspiras kun persisto;
Estas mi esperantisto.

제가 신구자들을 비난하고,
제가 지도자들을 날카롭게
끊임없이 아프게 해요;
저는 에스페란티스토입니다.

Por la venko mi esperas,
Sed nenion mi oferas,
Mi ne estas ja bankisto,
Estas mi esperantisto.

승리하자고 제가 희망하지만
아무 희생은 하지 않아요.
제가 정말 은행가는 아니고요
저는 에스페란티스토입니다.

Se baraktas en la krizo
La movado, organizo
Helpas mi nur per rezisto,
Estas mi esperantisto.

운동이 어려움을 당하고,
조직이 위기에 처해도요,
저는 저항으로만 도울 뿐이에요,
저는 에스페란티스토입니다.

Flugas per facila vento
El la buŝo Nova Sento.
Ĝi sufiĉas por sofisto;
Estas mi esperantisto.

새 느낌이 입에서 나와,
순풍으로 날아가도요,
그건 궤변론자에게나 어울려요;
저는 에스페란티스토입니다.

Post la mort' ĉe tombo mia
Staros "rondo familia".
Nekrologos ĵurnalisto:
"Estis li esperantisto".

제가 죽으면

내 묘 앞에 "가족 같은 모임"에서 와 있을 거고요

기자가 부고장을 알릴 거예요;

"그이는 에스페란티스토였습니다."라고요.

/서평 1/
Leginte novelon La Verda Koro[9]
에스페란토 정신을 일깨운 작품

최성대 교수(Ego)

이 작품에서 작가는 등장인물들의 시와 동화, 일기 등을 통해 에스페란토를 처음 배우는 사람들이 에스페란토 정신과 에스페란토의 표현 방식을 본받을 수 있는 모범을 보여주었다고 할 수 있습니다. 이치오 팡의 시를 통해 인류는 형제임을 보여주고, 그의 동화를 통해 내적 아름다움을 강조하고 있습니다. 마랴불스키의 일기장을 통해, 다양한 종교를 넘어선 평화 세계를 기원하는 크리스마스 축제를 소개하고 있습니다. 작가는 에스페란토가 만들어 주는 온화하고 평화로운 풍경을 보여주고 있습니다. 내가 에스페란토를 사용하는 자부심, 에스페란티스토 속에서의 생겨나는 감정, 에스페란토 실용성을 다시 발견하게 됩니다. 초급 강습을 마친 학습자들에게 이 책을 특별히 추천하고 싶습니다. 이 책을 읽고 나면, 우리는 더욱 에스페란토 정신을 느끼게 될 것이 분명하니까요.

---

9) *이 서평은 한국에스페란토협회 부산지부 기관지 [TERanO](제11호, 1987년 7월 24일)에 실렸습니다. (fonto: [TERanO](11-a), Busana Filio de Korea Esperanto-Asocio, Busan, 1987.7.) 1984년 부산에서 에스페란토에 입문한 최성대 님은 Rondo Steleto 회원, 회보 〈Steleto〉 편집자로 활동했습니다. 거제대학교 조선 관련학과 초빙교수를 역임했습니다.

La verkisto Julio Baghy naskiĝis en jaro 1891 en Hungario. Lia patro estis aktoro, patrino esis sufloristino, ankaŭ li estis aktoro. En la milito li pasigis 6 jarojn en rusa militkaptitejo, kio multe influis liajn verkaĵojn: En 1926 <<Viktimoj>> estas lia unua romano. Ĉi-verkaĵo <<La Verda Koro>> estis sub la atmosfero de miltkaptiteja vivo.

Li konatiĝis kun Esperanto en 1911, kaj instruis Esperanton al multaj alilandanoj, kaj li gvidis nian lingvon en multaj landoj kiel Cseh-metoda instruisto*[10].

Lia verko estas iom simboleca kaj prefere klarigas la fakton, per kiu li volis esprimi la sian. Ĉi-verkaĵo konsistas el 11 ĉapitroj, kiuj ĉiuj estas en sama fluo, sed ne rekte rilatas. En antaŭaj ĉapiroj aperas prezentado de kelkaj personoj, kiuj ludas ĉefan rolon en la verkaĵo: Marja Bulski, Paŭlo Nadai, Iĉio Pang kaj Kuratov.

Ĉi-rakonto komenciĝas de la elementa kurso, klarigas aferojn, laborojn de kursanoj. En la

---

10) *Oni instruas en elementa kurso de Esperanton, ne uzante lernolibrojn, nek uzante nacian lingvon. Oni postulas de kursanoj komunan koran respondon, kaj aplikadon de konversacio pri aktualaĵoj anstataŭ uzo de lerenejaj ekzemploj, kaj riĉan aplikadon de humoro kaj ŝerco.

unua ĉapitro okazis elementa kurso, kie tiuj personoj diverslandaj amasiĝis kaj prezentas; rusoj, rumano, amerikano, hungaro... kie ankaŭ Esperanto estas prezentita simple kiel kulturo.

Iu ĉina knabo, Iĉio Pang, interese klarigas la kulturon per la vorto homa kompreno.

En la dua, la tria, kaj la kvara oni povas scii pri Marja Bulski, kiu tre ege volis konversacii en la nova lingvo Esperanto; pri Iĉio Pang, kiu tre ŝatas poemon kaj havas fratinon; pri Kuratov, kiu klarigas al siaj kursanoj, kial li fariĝis Esperantisto; liaj amikoj, esperantistoj, rekomendis al li Esperanton. Sed li, tiam, ne akceptis Esperanton sed opiniis tiun lingvon sensenca infana ludo. Iam li kaj lia amiko almilitis kaj estis militkaptitaj de Japanujo. Tamen lia amiko estis grave vundita, sed ĉiam kunportadis kun si Esperantan libron.

En Japanujo, tiu vundita amiko renkontis japanajn Esperantistojn pere de tiea kuracisto, kiu trovis Esperantan libron ĉe lia amiko. Li vidis. ke inter lia amiko kaj tiuj japanoj estas en tre milda intimeco, de tiam li envias sian amikon.

Post la morto de sia amiko, li ricevis de tiu amiko malgrandan Esperantan libron, kiun lia amiko postlasis por li, kaj venis al li tiuj japanaj Esperantistoj. Post tio li fariĝis Esperantisto. Poste li averte diris, ke Esperanto estas ne nur lingvo, sed ankaŭ idealo, kiu portas pacon al la koro, kaj kulturon al la kapo.

En poste lasataj ĉapitroj ĉefe aperas Esperanto-movado de la membroj. Pere de parenco de fraŭlino Tkacheva, ili okazigis 'Propaganda Mateno pri Esperanto' en kiu membroj kuraĝe, intime, interese respondis je la demandoj de gvidanto antaŭ la publiko. En tiu tago instruisto Paŭlo Nadai ricevis letereton de sia amiko, kie estas propono viziti Vladivostokon kaj membroj akceptis tiun proponon.

Post kelkaj tagoj, kelkaj membroj de tiu kurso vizitis Vladivostokon. En Vladivostoka Esperanto-societo ili kortuŝite aŭdis de sinjoro Vonago, kiu estas delegito de UEA el Vladivostoko pri D-ro L.L. Zamenhof, kreinto de Esperanto, kaj pri kongresoj, kiujn li partoprenis. Poste ili vizitis la militkaptitejon en Pervaja Rjecka, kie grandamasaj Esperantistoj atendis ilin. Tie ili havis gajegan tempon, sentis profundan intimigon de Esperanto kaj praktikon.

Inter renkontantoj jam ne ekzistas rasoj, landoj, nek muroj, sed nur estis Esperanto kaj Esperantistoj, el kio li spertis.

En ĉi-verko Julio Baghy uzis poemon, fabelon kaj taglibron, kiujn membroj rakontas. Li volis esprimi Esperanton, homfratecon tra la poemo de Iĉio Pang, internan belecon, kiun oni kreskigas per Esperanto tra la fabelo de Iĉio Pang, en kiu malbela post pleniĝo de interna beleco en si; ŝi sciis sian belecon pere de infanoj el saĝa reĝo de alilandano. Unue ŝi koleris ilin, poste pardonante ilin, sentis veron.

El la taglibro de Marja, en Kristonaska tago amasiĝis ne nur diversaj nacioj, sed ankaŭ diversaj religioj: Romaj katolikoj, rusaj katolikoj, protestantoj, judoj. Super religioj ili festis la tagon, kiu verdire ne estas Kristo-nask-tago, sed la tago por paco. En militeto, ĉina knabo, Iĉio Pang, mortis, kio korŝirigis aliajn membrojn kaj ili sentis mizeran, ĉagrenigan militon. Marja Bulski iom post iom sentas profundan ĉagrenon pro iama foriro de Paŭlo Nadai.

Finfine, membroj de la kurso finis sian studon kaj faris novan Esperanto-societon: Nikolsk Ussurijska Esperanto-Societo. Nun membroj fariĝis gvidantoj de aliaj kursoj. Marja Bulski kaj aliaj instruis al novaj membroj Esperanton,

Kaj milit-kaptitoj, unu post alia, foriras al siaj hejmoj. ankaŭ membroj de tiu societo foriris: Amerikano, kiun sunfloro amis. Instruisto Paŭlo Nadai, kiun Marja Bulski amis.

En preskaŭ ĉiu parto estas menciinde, ke militkaptitoj deziras iri 'hejmen', por kio ni povas vidi, ke ja la verkisto mem tiel sopiris sian hejmeniron.

Preskaŭ ĉiu parto de ĉi-libro ni povas senti densan kaj mildan atmosferon, kiun faras Esperanto. Ankaŭ ni povas havi sufiĉe la senton inter ni Esperantistoj. Ni kredas, ke neniu el ni ne scias la praktikon de Esperanto.

Mi deziras rekomendi la libron Verda Koro por tiuj ĵus-fininto de la elementa kurso de Esperanto. Leginte tiun librton, oni povas senti Esperantecan atmosferon, se oni sufiĉe komprenos la enhavon de tiu ĉi verko.

Kvankam mi verketis kelkajn vortojn pri tiu ĉi verko, tamen ankoraŭ mi ne sufiĉe sentas tiun Esperantecan atmosferon.

Se mi povos havi ŝancon renkonti plurajn librojn, verkitaj de Julio Baghy, mi povos plu ion scii, kaj ĝustan kaj veran ideon de la verkisto Julio Baghy.

/서평 2/
Gradigita patoso kaj ĉarmo[11]
점진적 학습 방식의 열정과 매력을 갖춘 작품

Sten Johansson

율리오 바기의 작품 『La Verda Koro』(푸른 가슴에 희망을)은 의심할 필요가 없을 정도로 가장 유명한 에스페란토 학습교재입니다. 그래서 당연히 수차례의 재판 발행이 있어 온 작품입니다. 책 제목의 부제목으로 'facila romaneto el la vivo de esperantistoj en Siberio'(시베리아 에스페란티스토들의 삶을 다룬 쉬운 소설)에서 볼 수 있듯이 이는 저자의 체험을 배경으로 한 것입니다. 『La Verda Koro』에서는 에스페란토, 에스페란토 학습과 지도, 또 에스페란토 사상과 감정을 주로 다루고 있습니다. 그 외에도 독자들은 등장인물과 작품 배경에 대한 흥미로운 묘사들, 1918-1920년 동부 시베리아에서의 내전의 역사적 사건도 찾아볼 수 있습니다. 당연히 난관에 봉착한 사랑 이야기도 빼놓지 않았습니다. 율리오 바기 작품에는 작가를 대신한 인물이 등장하는데, 이 작품에서는 헝가리인 에스페란토 강사인 전쟁

---

11) *역주:
http://esperanto.net/literaturo/roman/libr/verdkorrec.html.에서 가져옴.

포로 나다이가 나옵니다. 그 전쟁포로 강사와 그 지역 아가씨의 플라토닉 러브를 펼치고 있습니다. 가장 크게 취급하는 주제는 전쟁포로들 사이에서의 에스페란토 보급이고, 시베리아의 니콜스크 우수리스크(Nikolsk Ussurijsk)와 블라디보스톡(Vladivostok) 지역의 에스페란토 운동입니다.

"우리의 별이 초록빛으로 빛나고 가리키며, 총칼 위에서 말없이 피눈물을 흘리는 그 인간의 마음은 언젠가 승리하리라는 점을 강하게 강하게 믿읍시다. 믿고 용기를 가집시다!"(원서 76쪽)

작가는 자신의 후기에서 이렇게 쓰고 있습니다:
"저는 '대작'을 내놓기보다는 새로 배우는 에스페란토 동지들에게 '점진적 방식의' 평범한 교재를 제시해 보고 싶었습니다. 우리 작가들이 격려와 언어창조의 순간에 놓쳐버리기 쉬운 초보자들의 언어 학습수준을 감안해서 '점진적 학습교재'를 만들고 싶었습니다."

결론적으로 말하면, 이 작품은 율리오 바기의 시베리아 관련 3작품 -『희생자(Viktimoj)』『피어린 땅에서(Sur Sanga Tero)』 『푸른 가슴에 희망을(La Verda Koro)』- 을 전체적으로 파악하려는 사람들에게는 꼭 이 작품을 읽기를 추천합니다.

Julio Baghy: <<La verda koro>>. Facila romaneto. 104p. Nederlandaj amikoj de la aŭtoro, 1937.

La verda koro de Julio Baghy sen ajna dubo estas la plej konata instrua legolibro Esperanta, kaj ĝi aperis en multaj reeldonoj. Laŭ sia subtitolo ĝi estas "facila romaneto el la vivo de esperantistoj en Siberio", kaj ĝi do baziĝas sur la samaj spertoj de la aŭtoro kiel liaj grandaj romanoj Viktimoj (1925) kaj Sur sanga tero (1933). Ĝia rakonta fadeno ankaŭ enhavas multajn el la ingrediencoj de tiu duopo, tamen en aliaj proporcioj. En La verda koro ĉefrolas Esperanto, la instruado kaj lernado de Esperanto, kaj la ideoj kaj emocioj ligitaj al Esperanto. Krom tio ni tamen ricevas ankaŭ interesajn priskribojn de homoj kaj medioj, dramajn historiajn eventojn el la interna milito en orienta Siberio en 1918-1920, kaj kompreneble amhistoriojn kun obstakloj. Kiel ĉiam ĉe Baghy, temas pri platona amo inter la alia memo de la aŭtoro - ĉi-verke la Esperanto-instruanta hungara militkaptito Nadai - kaj loka junulino. Pro nediritaj kialoj tiu amo ne povas plenumiĝi.

Sed la plej amplekse traktata temo estas la disvastigado de Esperanto inter militkaptitoj kaj lokanoj en Nikolsk Ussurijsk kaj Vladivostok, plej oriente en Siberio. Tiu temo estas priskribata en tre patosa kaj romantika maniero, sendube multe influita de la situacio en kiu la libro estis verkata, en centra Eŭropo de 1936, kiam en lando post lando estis likvidataj Esperanta agado kaj movado – kaj baldaŭ ankaŭ esperantistoj mem.

Kredu forte, forte, ke tiu homa koro, al kiu nia stelo lumas per verdaj radioj kaj kiu nun super la bajonetoj mute faligas sangolarmojn, tiu koro iam venkos. Kredu kaj estu kuraĝaj! (p. 76) Jen la vortoj de mortanta juna ĉino en 1920, laŭ La verda koro, kaj jen evidente la mesaĝo de Julio Baghy al la esperantistoj de 1937.

En postparolo li diris: "Mi deziris doni ne 'majstran verkon' sed simplan legolibron kun gradigita stilo al niaj novaj gesamideanoj, pri kies lingva nivelo ni, verkistoj, ĉiam forgesas en la momento de la inspiro kaj lingvokreado." (p. 92) Laŭ tiu "gradigita stilo" do la komencaj ĉapitroj estas relative mallongaj kaj enhavas koncizajn, simplajn frazojn kun tre limigita vortostoko. Oni rimarkas, ke la aŭtoro klopodis limigi ankaŭ la uzon de gramatikaj strukturoj. Tial komence aperas preskaŭ nur ĉefpropozicioj. Baldaŭ tamen aperas rilataj kaj demandaj subpropozicioj, enkondukataj de kio, kiu kaj similaj. Anstataŭ subpropozicioj kun ke, la aŭtoro iom aŭdace apudmetas la propoziciojn sen liga vorto: "Tiam mi vidis, ankaŭ la malamiko havas koron" (p. 24), tamen ekde paĝo 28 li uzas ke en normala maniero. En la lastaj ĉapitroj, nek la vortoj nek la frazoj estas ekstreme facilaj. Ekzemple li uzas vortojn kiel "rifuĝi" (p. 83), "indulga" (p. 86), "spasme" (p. 87), "notario" (p. 88), "disĉiplo" (p. 90) kaj "poŭpo" (p. 90, = pobo), kaj oni trovas frazojn kiel "Kelkaj kamaradoj jam apogante sin al la balustro sur la ferdeko parolas ŝerce al la surborde starantoj." Tamen, vere longaj kaj sinuaj frazoj ne troviĝas ĉi-libre.

Mi konas ĉi verkon jam de la frua junaĝo kaj ĉiam konsideris ĝin patose melodrama. Tial iom surprizis min, kiam iu koramikino, kiu antaŭe konis nek Esperanton nek la ideojn esperantismajn, eklernante la lingvon komencis legi en La verda koro kaj trovis ĝin "ĉarma".

Ŝajne necesas malfermita kaj senantaŭjuĝa menso por vidi ĝian plenan valoron. Mi tamen konfesu, ke post dudek kvin paĝoj jam ĉesis ŝiaj notoj en la libreto. Evidente ĝia "gradigita stilo" laŭiris tro krutan deklivon por komencanto. Tial mi ankaŭ iom pridubas la subtitolajn vortojn "por komencantoj, por daŭrigaj kursoj". Por la plej multaj komencantoj sendube necesus pli malkrute "gradigita stilo". Aliflanke, ĉi verko donas interesan legadon ankaŭ al tiu, kiu deziras kompletigon al la Siberiaj romanoj de Julio Baghy.

옮긴이의 말

 율리오 바기의 장편 소설 『희생자』, 『피어린 땅에서』, 단편소설 『푸른 가슴에 희망을』이 작품들을 우리글로 옮기면서 가졌던 궁금함은 이런 것입니다.

'낯선 시베리아. 피비린내 나는 전쟁터에서 전쟁포로가 된 주인공들은 무엇으로 자신의 삶을 살아갈까? 전쟁과 혁명의 소용돌이 속에서 1920년 전후의 시베리아에서의 혹독한 시기를 견디어낸 포로들의 삶을 보면서, 우리는 평화를 위해 뭘 할 수 있을까? 러시아 내전과 소용돌이 속에, 당시 일제하에서 기미 독립운동을 이끌어 온 우리나라 독립운동가의 모습은 혹여 있을까? 또 낯선 사람들과의 상호 이해를 위해 할 수 있는 일이 뭘까?'

 작가는 자신의 6년의 전쟁포로 체험을 통해 시베리아 사람들의 삶의 아픔, 행복과 고통도 전하고, 유럽사람들의 관심과 우정을 보여 주고, 러시아 동쪽과 서쪽의 포악성을 알리면서도 전쟁 없는 평화를 기원합니다.

 에스페란토 학습자에게는, 이 작품을 통해 에스페란토 문장을 많이 읽고, 쓰고, 사용하여, 자신이 하는 에스페란토 문장이 머릿속에 그림처럼 떠올릴 수 있을 정도로 반복적 연습과 활용을 제안합니다.

 작품 번역을 묵묵히 지켜봐 준 가족, 에스페란토 사용자인 동료, 같은 시대를 함께 고민해 가는 독자 여러분께 감사의 인사를 드립니다.

2022년 3월　　　역자 장정렬

옮긴이 소개
-장정렬(Ombro, 1961~)

경남 창원 출생. 부산대학교 공과대학 기계공학과와 한국외국어대학교 경영대학원 통상학과를 졸업했다. 한국에스페란토협회 교육이사, 에스페란토 잡지 La Espero el Koreujo, TERanO, TERanidO 편집위원, 한국에스페란토청년회 회장 등을 역임했고 에스페란토어 작가협회 회원으로 초대되었다. 한국에스페란토협회 부산지부 회보 TERanidO의 편집장. 거제대학교 초빙교수, 동부산대학교 외래 교수 역임했다. 국제어 에스페란토 전문번역가로 활동 중이다. 세계에스페란토협회 아동문학 '올해의 책' 선정 위원.
suflora@hanmail.net

역자의 번역 작품 목록

-한국어로 번역한 도서
『초급에스페란토』(티보르 세켈리 등 공저, 한국에스페란토청년회, 도서출판 지평),
『가을 속의 봄』(율리오 바기 지음, 갈무리출판사),
『봄 속의 가을』(바진 지음, 갈무리출판사),
『산촌』(예쥔젠 지음, 갈무리출판사),
『초록의 마음』(율리오 바기 지음, 갈무리출판사),

『정글의 아들 쿠메와와』(티보르 세켈리 지음, 실천문학사)
『세계민족시집』(티보르 세켈리 등 공저, 실천문학사),
『꼬마 구두장이 흘라피치』(이봐나 브를리치 마주라니치 지음, 산지니출판사)
『마르타』(엘리자 오제슈코바 지음, 산지니출판사)
『사랑이 흐르는 곳, 그곳이 나의 조국』(정사섭 지음, 문민)(공역)
『바벨탑에 도전한 사나이』(르네 쌍타씨, 앙리 마쏭 공저, 한국외국어대학교 출판부) (공역)
『에로센코 전집(1-3)』(부산에스페란토문화원 발간)

-에스페란토로 번역한 도서
『비밀의 화원』(고은주 지음, 한국에스페란토협회 기관지)
『벌판 위의 빈집』(신경숙 지음, 한국에스페란토협회)
『님의 침묵』(한용운 지음, 한국에스페란토협회 기관지)
『하늘과 바람과 별과 시』(윤동주 지음, 도서출판 삼아)
『언니의 폐경』(김훈 지음, 한국에스페란토협회)
『미래를 여는 역사』(한중일 공동 역사교과서, 한중일 에스페란토협회 공동발간) (공역)

-인터넷 자료의 한국어 번역
www.lernu.net의 한국어 번역
www.cursodeesperanto.com.br의 한국어 번역
Pasporto al la Tuta Mondo(학습교재 CD 번역)
https://youtu.be/rOfbbEax5cA (25편의 세계에스페

란토고전 단편소설 소개 강연:2021.09.29. 한국에스페
란토협회 초청 특강)

<진달래 출판사 간행 역자 번역 목록>

『파드마, 갠지스 강가의 어린 무용수』(Tibor Sekelj
지음, 장정렬 옮김, 진달래 출판사, 2021)
『테무친 대초원의 아들』(Tibor Sekelj 지음, 장정렬
옮김, 진달래 출판사, 2021)
<세계에스페란토협회 선정 '올해의 아동도서'> 작품
『욤보르와 미키의 모험』(Julian Modest 지음, 장정렬
옮김, 진달래 출판사, 2021년)
아동 도서『대통령의 방문』(예지 자비에이스키 지음, 장
정렬 옮김, 진달래 출판사, 2021년)
『국제어 에스페란토』(D-ro Esperanto 지음, 이영구.
장정렬 공역, 진달래 출판사, 2021년)
『헝가리 동화 황금 화살』(ELEK BENEDEK 지음, 장정
렬 옮김, 진달래 출판사, 2021년)
알기쉽도록『육조단경』(혜능 지음, 왕숭방 에스페란토
옮김, 장정렬 에스페란토에서 옮김, 진달래 출판사,
2021년)
『크로아티아 전쟁체험기』(Spomenka Štimec 지음, 장
정렬 옮김, 진달래 출판사, 2021년)
『상징주의 화가 호들러의 삶을 뒤쫓아』(Spomenka
Štimec 지음, 장정렬 옮김, 진달래 출판사, 2021년)
『사랑과 죽음의 마지막 다리에 선 유럽 배우 틸라』

(Spomenka Štimec 지음, 장정렬 옮김, 진달래 출판사, 2021년)

『침실에서 들려주는 이야기』(Antoaneta Klobučar 지음, Davor Klobučar 에스페란토 역, 장정렬 옮김, 진달래 출판사, 2021년)

『희생자』(Julio Baghy 지음, 장정렬 옮김, 진달래 출판사, 2021년)

『피어린 땅에서』(Julio Baghy 지음, 장정렬 옮김, 진달래 출판사, 2021년)

『공포의 삼 남매』(Antoaneta Klobučar 지음, Davor Klobučar 에스페란토 역, 장정렬 옮김, 진달래 출판사, 2021년)

『우리 할머니의 동화』(Hasan Jakub Hasan 지음, 장정렬 옮김, 진달래 출판사, 2021년)

『얌부르그에는 총성이 울리지 않는다』 (Mikaelo Bronŝtejn 지음, 장정렬 옮김, 진달래 출판사, 2022년)

『청년운동의 전설』 (Mikaelo Bronŝtejn 지음, 장정렬 옮김, 진달래 출판사, 2022년)

『반려 고양이 플로로』 (Ĥristina Kozlovska 지음, Petro Palivoda 에스페란토역, 장정렬 옮김, 진달래 출판사, 2022년)